灼眼のシャナ
高橋弥七郎
イラスト／いとうのいぢ

灼眼のシャナX

プロローグ

　夏も盛りを過ぎた早朝の空気は、爽やかさの中に寂寥の予兆を匂わせる。

　その涼風の中、坂井家での鍛錬に向かう道すがら、

「歌、でありますか」

　常の通り、丈長のワンピースに白いヘッドドレスとエプロン姿のヴィルヘルミナ・カルメルが、無表情な顔を前に向けたまま、隣を歩く少女に答えた。

「そう、歌」

　こちらも常と同じ、体操着のシャナが頷く。

「あまり興味はないけど……昨日、ろくに知らないんだな、って言われた」

　誰が、という主語を省いたのは、その少年の名前を出すと自分が怒ると思われているからだ、とヴィルヘルミナは察して、しかし追及は避ける。現在、この件はいろいろと微妙な情勢下にあるのだった。とりあえず、訊かれたことについて考える。

（歌……たしかに、教えた覚えはないのであります）

彼女は、少女を完全無欠のフレイムヘイズとすべく、不要な物事をすべて排除する形で育てた。巣立った少女と再会してからも、その完全無欠の変質を恐れ嫌って、不要と判断した物事を排除しようとした。しかし、悲喜の紆余曲折を経た今では、

（教えなかったのなら、今教えよう）

と思えるようになっている。そうしたところで、少女のフレイムヘイズには微塵の揺るぎもない、と分かったからだった。もちろん、少女が言い澱んだような例外も、あるにはある。

（さて……歌、でありますか……なにが良いか）

軽く記憶を手繰る。生まれ育った場所での賛美歌や宮廷恋歌から、討ち手となって以降、ロマの一団や隊商に聞かされた世俗歌謡まで、彼女は意外に広い分野の音曲に親しんでいる。

それらの中からなにを選ぶか――と考える間も僅か。

自然と一つが、浮かぶ。

「古いもので、よろしければ」

「うん、どんなの？」

少し間を置いて、彼女は、艶やかさより巧みさにおいて賞されるべき清声を紡ぐ。

「――『　新しい　熱い歌を　私は作ろう　』――」

その声ではなく、選択された歌に驚いて、シャナの胸にペンダントとしてある〝天壌の劫火〟アラストールは、無い口で噴き出した。

「ッ!?　――ヴィルヘルミナ・カルメル！」

「なにか？　私の知る中で、最も良い歌を選んだだけのことでありますが」

「大声不審(たいせいふしん)」

ヘッドドレスに意思を表出させる〝夢幻(むげん)の冠帯(かんたい)〟ティアマトーともども、抜け抜けと返す彼女に、アラストールはなにか言おうとして、しかし結局黙った。

シャナが不思議(ふしぎ)そうに、自分の胸元と隣(となり)の女性を交互に見て尋(たず)ねる。

「オック語(オクシタン)……なんの歌？」

「魔神熟知(まじんじゆくち)」

「話さんぞ」

「――『　風が吹き　雨が降り　霜が降りる　その前に　』――」

構わず続きを歌うヴィルヘルミナの、ことさらに謹直(きんちょく)さを装う姿に、シャナは不意に気付くものがあった。一体どういう風の吹き回しなのか、

（ヴィルヘルミナが、アラストールをからかってる）

それも、楽しげに。顔は相も変わらぬ半眠(はんねむ)りのような無表情だが、シャナには、そうに違いない、という確信があった。幼少から十年余、この街で再会して一ヶ月ほど、こんな二人の情景を見たことはなかった。あったのかもしれないが、気付けたことはなかった。

「――『　我が恋人は　私を試す　』――」

その歌詞から、アラストールが動揺する理由をなんとなく感じ取って、なんだか自分まで楽しくなるシャナである。その心のまま、普段は厳格な、しかし本当はとても優しい異世界の魔神を、自分を育てた女性と一緒にからかうつもりで言う。

「ヴィルヘルミナ。その歌、後で教えて」

「いかんいかんいかん」

こんなやり取りの間に入れたことに、少女は背伸びした得意さを感じていた。もう歌そのものよりも、三人と話すことを楽しんでいる。

しかし、乞われたヴィルヘルミナの方は、意外なまでの真剣味を表して請合った。

「了解であります。ただし、歌うには時と場合を選ぶこと。元となった歌を我々に教えた人間は、この歌に大きな魔法をかけたと言っておりましたから」

「魔法……？　自在法じゃなくて？」

シャナは、やや畏まって尋ねる。さっきまでからかっていた気持ちと、この真剣味は、どこかで通底している……そう、感じられた。

「はい。そして、その時と場合がどういうものかを理解できるまで、歌うことは許されない。そういう歌であります。それでも良ければ、お教えしましょう」

「だめだだめだだめだ」

「男性静粛」

ティアマトーが一言で抗弁を封じた。

ヴィルヘルミナも、往生際の悪い男を無視して言う。

「題名は——」

ふと、皆が黙って、聞いていた。

「——『私は他の誰も愛さない』——」

1　大戦

時は、十六世紀初頭。

ルターという名の神学者が、ヨーロッパの文明文化の骨格たるキリスト教に、目覚ましい改革、あるいは狂騒の爆発をもたらすまで、あと数年という頃。

所は、神聖ローマ帝国。

諸侯と騎士と教会が、斑のように領地を点在させる連合体の一隅、欧州を東西に横切って走る中央高地とドイツ北部平原の境界にある、ハルツ山地の緑なす麓。

一つの、大きな戦があった。

戦列に加わった者、聞き知った者らが『大戦』と呼び倣わす大きな……しかし決して人の史書に表れることのない、〝紅世の徒〟とフレイムヘイズによる、秘された戦い。

彼ら、人ならぬ身の超常者たち。

この世を欲望の赴くまま跋扈し、自由自在に事象を捻じ曲げる異世界よりの客人らと、その巻き起こす害悪災厄を食い止めんと奔る追討の異能者らの、熾烈極まりない激突。

当時、封絶はまだ発明されていない。

両陣営、人知想像を超えた闘争の様は、人間たちの前に現れつつも不可解に、隠されることなく謎めいて、世界と時代の中に存在していた。

この『大戦』も、また――


暗き夜に、異変が渦巻いている。

皇帝の軍団を二十揃えたとて届かぬだろう、幾重にも雄叫びを連ねた鯨波の声。

目に焼き付くように迸る、幻視と言うにはあまりに明確な、色とりどりの怪火。

地震と雪崩を諸共に起こしたように、地平を揺るがし響く、爆発と破砕の轟音。

丘の向こう、野の先から渡り来るそれらは、在り得ない戦の証だった。戦の起きている地の東に位置するベルニゲローデ、および西のゴスラー、両都市には、今の時期に戦があることなど、全く知らされていなかった。領主の布告、兵事における騒乱、旅人たちの齎す不穏の噂、いずれも皆無だった。にもかかわらず厳然と、音と光による怪異はそこに在った。当時の人々は、それらを『在り得ないこと』として切り捨てない。何らかの前兆・警告という現実として受け取っていた。

中世後期における人間の現実は、大きい。

虚構や不可解と混じり合う、認識しきれない、巨大なものだった。

それは、個々人が持ち得る知識の狭さ小ささの裏返しでもある。人々は生活に必要な最低限の知識を、経験と伝聞、説法によって補完し、ようやく不思議な現実を受け入れていた（一部の者たちが、現実の純度を高めようと必死で足掻いている時代である）。

その補完のツール、起きた事象を溶かし、飲み込ませるスープの名を、『神』という。

自らの計り知れない全ての出来事は、この明らかな指針と定義した概念に照らし合わせて、仮にでも理解の錯覚を得る。または納得して思考を停止させる。

ゆえに両都市の住民たちは、夜に渦巻く怪現象は何らかの意味ある徴、それを解釈するのは『神』を扱う専門家たる聖職者――土地の司教、噂を聞いて各地から流れ込む説教士や托鉢修道士――の役目、と捉えていた。自らは、ただ見聞きするのみである。

もっとも、この不思議な現実の見聞風説は程なく、語られぬまま、記されぬままに風化して消える。時の神聖ローマ皇帝マクシミリアン一世から『事象の一切を語るべからず、記すべからず』との布告があり、市民らの側も総じてこれに従ったためである。

この緘口令が、ほぼ破られることなく徹底された理由は、甚だ簡単なものだった。聖俗貴賤によらぬ誰もが、戦の起きた地自体に、格別な畏怖と不吉の念を抱いていたからである。

ベルニゲローデとゴスラーの間、北ドイツ平原から望む、瘤の群れのようなハルツ山地の低い主峰は、古いゲルマンの祭祀場として世に知られていた。

峰名『ブロッケン』。

後に、イギリス出身の修道士・聖ヴァルプルガの名と土俗信仰の儀式が混淆したことで、『魔女の集会場』の名を、改めて広めた山である。

地生えの習俗を、異端魔道の名の元に轢殺する世界史の悪夢・魔女狩りは、この時期、既に毒の萌芽を各地で見せ始めている。なによりも深く大きい、『世間』への恐れから、曰く付きの山における怪異を自ら言い触らし、広めようとする者は皆無だったのである。

見聞きした人間たちは、口を閉ざした。

当事者たちだけの、これは戦争だった。


「なんて艶やかな夜かしら。色と色とが溶け合って、誰も彼もが燃えてるわ」

「まるで〝凶界卵〟が如き、趣味の悪い言葉遊びでありますな」

「まったくだ……が、しかしたしかに、燃えている」

「同感」


中世ヨーロッパに、この世で最大級の〝紅世の徒〟の集団があった。

ブロッケン山に本拠たる要塞を構えるその名を、［とむらいの鐘］という。

古き〝紅世の王〟たる〝棺の織手〟アシズの元、『九垓天秤』と称される九人の強大な〝王〟らによって統べられる大集団だった。中世ヨーロッパが、この世に〝紅世の徒〟の最も溢れかえった時代と地域であるとはいえ、史上、万からの総員を抱える〝徒〟の集団は、他には片手の指で数えるほどしかない。

しかも彼ら［とむらいの鐘］は、この世に在る〝徒〟共生のため群れを成す他集団——例えば［仮装舞踏会］のような——などとは明確な違いを持っていた。

彼らは、『軍団』だった。

戦いを常とする一団なのだった。

敵は無論、彼らが『命の薪』と蔑称する人間風情ではない。曖昧な予測と過敏に過ぎる危惧から同胞を殺すという暴挙を選び、あまつさえ人間などに力を与える愚かな〝紅世の王〟たち、その尖兵たる『フレイムヘイズ』らである。

しつこく湧いて出る、これら討滅の道具どもを駆逐し、以って同胞たちに安寧なる世界を得さしめることが、彼らの自らに任じた役割だった。

「さて、ソカルの奴が討ち取られたって言うし、そろそろ本気で突入の機を狙うわよ」

「どこまで『五月蝿る風』の感知を掻い潜れるかが勝負でありますな」

「範囲収縮中」

「うむ、戦況把握のため、展開は戦場上空のみのはず。突入までの時間は十分稼げよう」

ある意味、奇異な一団だったと言えよう。

なんとなれば〝紅世の徒〟とは本来、己が欲望を充足させるためこの世に渡り来る、本質的に利己的な存在だからである。その行動原理は当然、種々様々な欲望を基に形作られており、討ち手らとの戦いなどは全くの余事、でき得る限り回避したい災難でしかないはずだった。

しかし同時に彼らは、人間とほぼ変わりのないメンタリティを持ってもいた（欲望の充足を求める傾向が強いのは、力を持っているがゆえの、内面の露骨な表出に過ぎない）。

つまり、あくまで人間と同程度に、愛情を抱き、友情で繋がり、恩義に感じ入り、意気に共感する存在……愛する者を奪われれば哀しみ、友を討たれれば怒り、恩義を行為で返し、共感した思想に賛同する存在なのだった。

そんな彼ら〝紅世の徒〟の戦う理由は、欲望嗜好利害打算、という通常の志向以外に幾らでも発生し得たのである。そして、戦うことを目的と定めた者たちの受け皿の内、最も強硬な一団として、「とむらいの鐘」という組織は在った。

「……意思、確認」

「……行くのでありますか」

「ええ、行くわよ。そう決めたんだから」

「――うむ」

対するフレイムヘイズ陣営は、慢性的な人材の不足に悩まされてきた。

ヨーロッパ全土から地中海を挟んだ北アフリカ、小アジアと中東をも含む広範な地域が、古くから双方激しく嚙み合ってきた激戦区であればなおさら、その度合いは深刻だった。

フレイムヘイズとは、都合に応じて量産の利く存在ではない。その誕生は、人間が常ならぬ巨大な感情を抱く、〝紅世〟に在る〝王〟がそれに共感する、双方合意の上で契約する、等のプロセスを経て行われる。いずれも簡単に起きる事象ではなかった。

しかしそれでも、この時期、彼ら異能の討ち手たちは一気に増えた。

当時、受け皿となる人間の側が戦乱病苦に聖俗社会、生きる全ての艱難に見舞われていたから、というだけではない。力を与える側、それまで静観を決め込んでいた大多数の〝紅世の王〟たちも、先を争ってこの世界のバランスを守る戦いに加わったからである。

その引き金は、『都喰らい』と呼ばれる自在法の発動だった。

優れた自在師でもあった[とむらいの鐘]の首領、〝棺の織手〟アシズは、仕掛けを施した多数のトーチを触媒に、『人』は元より、本来は喰らうに適さない『物』さえも――つまり、都市を丸ごと一つ、高純度かつ莫大な〝存在の力〟に変換したのである。彼は作り出した力を自らに取り込み、結果、一度に生じたものとしては史上空前の歪みを、この世に生じさせた。彼の行いを食い止めんと戦ったフレイムヘイズらは、辛うじて『九垓天秤』一角の討滅という戦果を挙げこそしたものの、結局は式の発動を許し、多数の強力な討ち手を失い……つまり、名実ともに大敗北を喫したのである。

しかし反面、この大敗北は、全世界のフレイムヘイズや、未だ〝紅世〟にあって静観を決め込んでいた多くの〝王〟らに尋常ではない危機感を与えもした。本来、滅多に徒党を組まない討ち手たちは、アシズ率いる大軍団［とむらいの鐘］に対抗すべく、徐々に結束を固め出し、また危機感から人間との契約に踏み切る〝王〟も増え始めたのだった。

それら、新たな激突の種を孕んだ潮流の中、局所的な激戦の続くこと十八年。

時に決着への弾みをつける決定的な事件が、遂に起きた。

アシズ自身が、とある宝具の強奪に動いたのである。

正確に言うと、事件はその強奪自体ではない。宝具を所持していた〝紅世の王〟の一派、強奪を目指す［とむらいの鐘］、阻止に集ったフレイムヘイズらによる三つ巴の戦いの最中で行われた、アシズによる己が企図、堂々の宣布——己の目指す夢の布告——である。

彼が『壮挙』と自称する企みの全容を聞かされた〝徒〟とフレイムヘイズは、それぞれ正反対、両極端な反応を見せた。

組織に属さない者も含め、〝徒〟らは歓呼を上げて［とむらいの鐘］の陣列に加わった。

逆に、フレイムヘイズとその内にある〝王〟らは、戦慄とともに暴挙の阻止を誓った。

この状況錯綜した大規模な激突の結果、『九垓天秤』のもう一角が討滅され、しかし宝具はアシズの手に落ちた。着々と、彼の企図は実現へと進む。〝徒〟らの期待と士気はいやが上にも上がり、フレイムヘイズらの危機感と恐怖は爆発的なまでに募った。

そして、宝具の強奪から五日目……この夜。

双方は、最後の決戦に臨んでいた。

アシズによる『壮挙』実現を奉じる〝徒〟らは[とむらいの鐘]の本拠地・ブロッケン要塞に集結し、暴挙を砕かんとするフレイムヘイズらは即製の兵団を組んで同地に殺到する。

大戦も、今や酣である。


巨大な足が、燃えるブナの木々を次々と蹴り砕き、大地を削ってゆく。

「グウオアアアアアアアアアアアア!!」

その森を圧して聳える足、一目で見渡せないほど広がった両腕、咆哮に震え撓む胴体、全てが、鉄だった。

「貴様らあああ、よくもおおお!!」

鉄板を継ぎ接ぎして作った鎧ではない。ひたすら無骨で分厚い、城壁をそのまま鉄に変えたほどに巨大な鉄板を、胴と両手足の形に組んであるだけという、異形の巨人だった。咆哮を上げたのは、その胴体部分に白い染料で描かれた双頭の鳥である。

ブナとオークからなる鬱蒼とした黒森が、衝撃に、声に、鈍く震える。

と、その余韻に紛れて、枝の下、そこかしこから光が閃いた。やや遅れて、ダダダ、ダダダダン、と立て続けの軽い破裂音が鳴り響く。

巨人の、広い胴体部の前面に、無数の打撃音を連れた粘っこい煙が上がった。近年、人間の軍や傭兵部隊に普及し始めた、歩兵単位の砲・『銃』による一斉射撃である。

が、

「よくもソカルををを！　同胞殺しの道具どもがああ！」

鉄の巨人は、全く応えた様子もない。足元、巨大な松明のように燃え盛る木々を薙ぎ倒し、火の粉を濛々と巻き上げて突き進む。

と、今度は先より数段腹を重く打つ破裂音が、銃火と同数湧き上がった。攻城砲による砲撃である。密度濃く地を隠す黒森の枝葉を突き破り、火薬による運動エネルギーを乗せた大質量の砲弾が、鉄の城砦のような巨人に数十から叩き込まれた。

「ガガッ、グガ、ゴッ!?」

バキン、ガカ、ガ、と打撃音に合わせて唸った巨人は、しかしやはり、僅かも傾かず、突進の勢いも減じない。どころか、大きく広げていた城壁のような両腕を一つ、配下の軍勢を導くため大きく前に振った。

「火砲の手は尽きたあああ！　進め進め戦友たちよおおお!!」

夜気を切って叫ぶ巨人の背後、ブロッケン山の方角から、

「おおーう！　先手大将が血路を開かれたぞ！」

「続け者ども、後れを取るな！」

「ガアアアオオオー!!」

「わあああああー!!」

色とりどりの炎を引いた、大きさも形も不ぞろいな軍勢が溢れ出た。

茂みを払うのは羽根や骨、鞭のような触手に鉄の篭手。倒され燻る幹を踏み越えるのは蹄や鉤爪、ときには蛇尾。猛り叫ぶ口は尖った嘴、あるいは牙を並べた顎。

まさに魔軍と呼ぶべき、異形の軍団だった。

「［とむらいの鐘］万歳！」

「万歳、ウルリクムミ御大将！」

「同胞殺しどもを踏み潰せ！」

「討滅の道具どもを噛み砕け！」

口々に咆え、鉄塊の疾走を追い越していく魔軍から一つ、美女の顔を中心に抱いた妖花が舞い上がった。それはふわりと巨人の肩に乗り、穏やかな口調で語りかける。

「御無事で？」

「人間の火遊び玩具如きでえええ、この〝巌凱〟ウルリクムミが揺らぐものかあああ」

鉄の巨人、［とむらいの鐘］が誇る『九垓天秤』の一角たる〝巌凱〟ウルリクムミは、肩に乗った妖花に、動かぬ首から答えを返した。

妖花はさらに尋ねる。

「冷静で？」

ウルリクムミは疾走を遅らせず、返事には一拍置いた。

「……〝焚塵の関〟ソカルはあああ、陰険悪辣の嫌な奴だったあああ。しかしいいい」

進撃する彼の眼前、三度黒森の中で光が瞬いた。

今までのものとは違う、色とりどりの光。飛んでくるものも、銃砲弾の類ではない。推進する火の玉……敵意を乗せて奔り、炸裂炎上する初歩的な攻撃の自在法『炎弾』だった。

ウルリクムミは、咄嗟に鉄の腕を妖花の前にかざして守る。炎弾は次々とその表面に着弾して、巨体を爆炎で覆い尽くすが、その疾走は揺るがない。まるで炎の塊が雪崩れるように、叫喚する魔軍を引き連れて巨人は走る。

熱気の中、僅かに喘ぐ妖花が、傍らに描かれた白い双頭の鳥に言う。

「お手間を？」

動かす表情もない鉄の巨人は、妖花への答えでなく、先の言葉を続ける。

「我が［とむらいの鐘］『九垓天秤』のかけがえなき一角にしてえええ、東方よりともに轡を並べてきた戦友だったあああ」

疾走の風で炎を吹き散らした眼下、森の中に、見つけた。

彼の同志・戦友らと組み合い、切り結ぶ物どもを。

根拠も曖昧な、身勝手で一方的な危機感に駆られて、同胞たる〝徒〟を殺して回るという信じられない愚行を犯す〝紅世の王〟たちの入った道具——フレイムヘイズを。

より強い怒りを込めて、再び咆える。

「その死にいいい、怒らいでおられようかあああ！　我が『ネサの鉄槌』にてえええ、砕けて朽ちよ道具どもおおおお!!」

巨体の周囲に、濃紺色の火の粉を混ぜた竜巻が湧き上がった。

暗夜、巨人を包む壁とも見紛うそれは、戦場全体から引き寄せられた剣や槍の穂、ひしゃげた兜や錆びた鎧、先の大砲の弾までをも混ぜた鉄塊群である。それらが合流し、徐々に勢いを増し濃紺に輝く激流となる。猛烈な速度で飛翔する鉄と、鉄と鉄と鉄。

それが、

「前方うう、散れえええっ!!」

轟咆を受けて、乱戦の中から、〝徒〟たちが一斉に引いた。取り残されたフレイムヘイズらの頭上から、〝巌凱〟ウルリクムミの誇る破壊の自在法『ネサの鉄槌』が雪崩落ちてくる。

一撃。

速さと質量のみならず、〝存在の力〟による強化も受けた鉄の怒涛が、黒森の一部を、その樹下に潜んでいた討ち手ら諸共、粉微塵に打ち砕いた。

森の中央で炸裂する『ネサの鉄槌』も遠い、枝葉で擬装された小さな簡易天幕が、古いオークの根元に張ってある。ハルツの緩い山麓を北と東、二方向から攻め上るフレイムヘイズ兵団の片翼、北側の『サバリッシュ集団』本陣だが、人数は僅かに数名と寂しい。

その天幕の入り口から、一人の女性が首を出して外の様子を窺っていた。

「あーららら、ウチの右翼がワヤクチャに」

腹を轟咆に、膝を地響きに震わされつつも、どこか呑気な声色の、丸顔、四十過ぎほどの女性である。その装いは、黒い貫頭衣に純白のベールという、戦場に似合わぬ修道女姿。

「ソカルの討滅が伝わって、火が点いてしまったのかしら。先鋒の雑兵の足を止めるために並べておいた砲列だったのに……やっぱり、こっちの戦法を見抜かれてしまったようですね」

「ゾフィー・サバリッシュ君、呑気に感想を吐かれては困る。君が総大将なんですぞ？」

取り澄ました男の声で答えるのは、人ではなく、ベールの額に刺繍された青い星。

「分かっていますよ、タケミカヅチ。予想外に早かったから、ちょっと驚いただけ」

ゾフィーと呼ばれた女性は、額を見上げて文句を言った。その苦い表情にもどこか稚気があって、年に関係のない可愛らしさを感じさせる。

青い星ことタケミカヅチは叱責を打ち切って、彼女の感想を分析する。

「たしかに、予想外の早さ。開戦から、まだたった二当てで我らの戦術と陣容を見抜き、自らを盾に突破をかけるとは。流石『九垓天秤』の先手大将、大した慧眼。これなら、〝焚塵の関〟の方が奢ってごり押しするだけ、やりやすかったですかな？」

「だめだめ。ソカルだって奢って当然の戦上手だったでしょう？　現に今日が、彼の初敗北じゃありませんか。たまたまカールの速度と攻撃力が、ソカルの性格と防御陣に相性が良かっただけ……討滅の結果は運で拾ったものに過ぎません」

ブロッケン要塞の包囲を遠くから縮める形で攻め寄せるフレイムヘイズ兵団（この『兵団』という呼称は、孤児と呼ばれる傭兵あがりの討ち手から、その編制における意見を得た際につけられたものであり、符丁以上の意味はない）は、大きく二つに分かれている。

北から南に進む『サバリッシュ集団』（総大将『震威の結い手』ゾフィー・サバリッシュ）、

東から西に進む『ベルワルド集団』（副将『極光の射手』カール・ベルワルド）、である。

対する［とむらいの鐘］は、この空前の規模を持つ討ち手らの迎撃にあたり、要塞での籠城戦を選ばなかった。どころか、要塞守備兵を除く総力をもって、裾野での野戦を挑んでいた。

その彼ら、対フレイムへイズ軍団［とむらいの鐘］は、大きく三つに分かれている。

左翼に、『九垓天秤』の一角にして先手大将たる〝巌凱〟ウルリクムミ、
中央軍に、同じく『九垓天秤』の一角、先手大将〝焚塵の関〟ソカル、
右翼に、とある援軍の一団が、それぞれ布陣していた。

ウルリクムミの左翼が北から迫るサバリッシュ集団と対峙し、ソカルの中央軍が東から攻め寄せるベルワルド集団に当たり、とある援軍は中央軍の援護に回る、という作戦方針だった。

これら、戦力拮抗する激突の結果、フレイムへイズ兵団の片翼『ベルワルド集団』はソカルの早々な討滅という大戦果を挙げ、もう片翼『サバリッシュ集団』はウルリクムミの猛攻に晒されている。積極的に動かないとある援軍の動静も含め、戦況は未だ優劣混沌の内にある。

遠くその有様を望見したゾフィーは、素早く胸の前で十字を切った。既に聖職を辞して久しいが、どうしても抜けない習慣である。

「分かってはいるけれど、戦というのは上手く行かないものですね」

己の契約者に、タケミカヅチは僅かに笑いを含んだ声で返す。

「開戦早々に〝焚塵の関〟を討滅できたのは、君が立てた作戦の確かな戦果ですぞ」

「代わりに、私たちが追い散らされかけているじゃありませんか。今回集めた連中は十八年前の豪傑たちとは違う……［とむらいの鐘］と正面から殴り合うため限界まで数を揃えた分、誰も彼も急造の、討ち手としては素人ばかり。必ず勝たねばならない戦だというのに」

溜息とともに、ゾフィーは『ネサの鉄槌』の粉塵上がる戦場を見やった。その周囲でもいくつか爆炎があがって、怒号と絶叫が地鳴りのように響いてくる。

（あそこで何人、死んでいるやら）

今大戦に臨んで集めた討ち手の大半は、契約間もないか、独自の技を磨いてすらいない、いわば新米ばかりだった。数少ない腕利きをそれらの隊長として配置してはいるものの、所詮は即製兵団、戦場往来の古強者たる『九垓天秤』直率の軍勢と、まともに当たり得ようはずもない（ゆえにこそ、彼女は開戦直後の速攻でソカルを討滅する作戦を立てた）。

そうでなくとも、〝徒〟らの士気は高い。彼らは己が首領たる〝棺の織手〟アシズの推し進める『壮挙』に新たな時代の可能性を感じ、その実現のために各員奮起しているのである。

長く［とむらいの鐘］と戦ってきた経歴から総大将に推戴されたゾフィーは、その彼我の戦力差を埋める窮余の一策として、新米らに人間の武器である銃や大砲まで使用させている。

元々、使用者の体から離れる武器、いわゆる飛び道具は、〝存在の力〟による強化や制御が困難であるため、討ち手から敬遠されていた。もっと扱いが簡便で威力も高い『炎弾』という自在法がある、単なる質量弾など少し器用な〝徒〟なら容易く弾いてしまう、銃創程度は治癒も早い、等の要素を考え合わせれば、無理してこれを使う意味など、どこにもない。

　にもかかわらず、彼女が火砲戦術の採用に踏み切ったのは、長期戦に備え、少しでも力を温存させたかったのと、並の〝徒〟相手なら、工夫一つで足止めもできたからである。

　その工夫とは、まず銃を撃って油断させ、接近してきたところを同数の大砲でぶっ飛ばすという『威力差攻撃』である。この不意を突く攻撃法は、意志によって強化を行う〝徒〟（無論、フレイムヘイズも同様）には、それなりに有効だった。

　取り回しが悪く連射も効かないという当時の火砲の欠点も、装填済みのものを進撃しながら各所に置き捨てる、という方法で対処した。討ち手らは例外なく怪力の持ち主であり、点火も自在に行える。つまり、彼女ら異能者の兵団なら、大砲を拾っては撃ち拾っては撃ちして戦うことも可能なのだった。まず、敵の攻勢をこの戦術で押し止め、弱ったところで自力の反撃に転じる（無論、後退の際の保険にもなる）、というのが彼女の立てた作戦の基本方針だった。

（でも、さすがにウルリクムミは容易い相手ではありませんね）

　この戦術は、結果として、開戦当初にしか役に立たなかった。

　歴戦の勇士として知られる［とむらいの鐘］の先手大将は、僅かに二度の攻撃を受けただけで、『威力差攻撃』の狙いと弱点、配置された砲列の役割まで見破ってしまったのだった。

　彼は、最初の一斉砲撃で出足を止められていた〝徒〟らを鼓舞しつつ、率先して前線を突破し、双方入り乱れる混戦に持ち込むという方法を取った。これではフレイムヘイズらも同士討ちを恐れて、せっかく用意した砲を使いにくくなる。

しかも、突破をかけられた『サバリッシュ集団』右翼は、中央を横合いから援護するための部隊に過ぎず、人数も寡少だった。猛撃に蹴散らされ、今やその陣列は崩壊寸前である。

（それに、狙いもいい）

ウルリクムミは目の前の敵を打ち破るのみならず、両軍の均衡を崩すためにも『サバリッシュ集団』右翼を標的としたのだろう、とゾフィーは推測していた。この部隊はフレイムヘイズ兵団全体から見て、西の端に当たる。ここに切り込んでしまえば、包囲される恐れもなく、横腹を思うさま攻撃できるのだった。

（これは、かなりな危機的状況と見ていい）

兵団は、新米揃いというだけでなく、一人一党で協調性もない連中を寄せ集めた烏合の衆である。この攻撃に対応した迅速な陣形変更など望みようもない。この混乱のまま、ウルリクムミに右翼からの横撃を食らえば、『サバリッシュ集団』自体が潰走してしまう恐れさえあった。

（今までとは違って、今度の戦は絶対に負けられない……やるしかありません、ね）

ゾフィーは観念するように溜息を吐いた。十字を切りかけて、止める。

「私が出ます」

思わぬ言葉に、天幕の内で地図を睨んでいた数名に動揺の声が上がった。

最初に異議を唱えるのは、タケミカヅチである。恐れからではなく、理屈から。

「なんと。総大将自らの太刀打ちとは、愚策の極みですぞ」

言われた彼女は、しかし天幕の中に向き直り、嚙んで含めるように言う。

「迅速に潰走寸前の右翼に駆けつける。新米たちを脅し付けてその場に踏みとどまらせる。ウルリクムミを食い止めて陣列を立て直すための時間を稼ぐ。今、これら全部を同時にできるフレイムヘイズは私だけです。反論は？」

タケミカヅチ含め、誰も口を開かなかった。

「よろしい」

貫禄たっぷりに修道女姿の総大将は頷き、自分が不在の間の方針を示す。

「ドゥニ、とにかく『ベルワルド集団』との間に伝令が通えるようにして頂戴。向こうに遠話のできる自在師が生き残ってたら、そいつを引き抜いて。私の権限で許します」

天幕中央、折り畳み式の大卓に広げた地図を睨む、背の高いマントの男が、静かに答える。

「了解です。直ちに、使えそうな連絡線を選定しましょう」

「アレックスは、私が戦ってる間に中央の陣列を整えておいて。相手が相手です、そう猶予は作ってあげられませんから、大急ぎでお願い」

「はいよ、任せろ。気ぃ付けてな」

大卓の反対側にもたれかかっていた軍装の小男が、軽く手を上げて請け負った。

頷いて、ゾフィーは天幕の外に出た。さっきより戦闘騒音が大きくなっている。これは交戦

域が近付いている——つまりフレイムヘイズ側が押されている、という証拠だった。

戦場を見渡せば、星を隠した空の下、黒く広がる森の中、どこもかしこも、色とりどりな爆発の地響きと、種々様々な言語で叫ばれる鯨波の声で満ちていた。

「どこまで踏ん張れるでしょう」

「でしょう、ではなく、踏ん張らねばならんのですぞ、ゾフィー・サバリッシュ君。あの作戦がうまく決まれば、勝敗も五分に戻せるはず」

額の星からの、あくまで冷静な声に、ゾフィーは溜息で返す。

「ええ。その作戦が成功して、ようやく五分……世の中って厳しいわ」

「全ての算段の中で、これが一番高い確率、しようがありますまい。なんといっても、相手は我らが宿敵［とむらいの鐘］ですからな」

実のところ、フレイムヘイズ兵団の目的は、［とむらいの鐘］全軍の殲滅にはない。〝棺の織手〟アシズの企てた暴挙（〝徒〟らが『壮挙』と呼ぶ計画）の阻止——それが、至上にして唯一の命題なのだった。戦は必要不可欠な、しかし一手順に過ぎない。ゾフィーら討ち手の兵団に与えられた手順、その役割は、先手大将〝巌凱〟ウルリクムミと〝焚塵の関〟ソカル率いる〝徒〟の主力軍を、戦場で釘付けにすることだった。

対フレイムヘイズ軍団［とむらいの鐘］は、首領たる〝棺の織手〟アシズの元、九人の強大な〝紅世の王〟『九垓天秤』らが〝徒〟の軍勢を統べる、という組織編制である。

しかし、その一人は十八年前、全ての遠因となった『都喰らい』事件の際に、もう一人はほんの五日前、大戦の直接的な発端となった宝具の争奪戦の中で、それぞれ討滅されている。

即ち、大戦の前段階で『九垓天秤』は既に、

〝巌凱〟ウルリクムミ、
〝焚塵の関〟ソカル、
〝闇の雫〟チェルノボーグ、
〝凶界卵〟ジャリ、
〝大擁炉〟モレク、
〝虹の翼〟メリヒム、
〝甲鉄竜〟イルヤンカ、

の七人となっていた。

この内、軍を率いて戦場に現れたのは、ウルリクムミと、緒戦で討滅されたソカルである。チェルノボーグは単独による暗殺を旨とする隠密頭、ジャリは敵情視察を主任務とする大斥候、モレクは組織全体の運営に当たる宰相で、『壮挙』という困難極まる作業にかかりきりになっているだろうアシズともども、要塞からの出戦は、まずないと見てよかった。

さらに、お義理の参戦であろうとある援軍を除くと、フレイムヘイズ兵団が戦を進める上で最大の懸案事項は、残る二人の動向に絞られる。

「とむらいの鐘」最強の将、『両翼』――メリヒムとイルヤンカである。

　参戦すれば、攻防絶大な力で容易に戦局を転換させてしまうだろうこの二人が、未だ要塞の内に籠っているのには、二つの理由があった。

　一つは、ともに五日前の死闘によって消耗していること、もう一つは、その死闘で彼らが激突した当の相手……フレイムヘイズ兵団の切り札たる二人の討ち手が、未だ戦場に姿を現していないこと、である。

「切り札は、切らないことも使い道の一つ、ということね」

「しかし、ソカルの討ち死にで戦機は熟しつつありますぞ。転換の時は近い」

　世に名だたる『両翼』が警戒するのも当然だった。この二人の討ち手は、十八年の長きに渡り彼らと鎬を削り合ってきた、「とむらいの鐘」にとって最悪の宿敵なのである。

　現に五日前の宝具争奪戦でも、この二人はメリヒムの半身とすら言える〝燐子〟の軍勢『空軍』を殲滅し、イルヤンカにもかなりの深手を負わせている。

　もっとも、双方の取り合った宝具は「とむらいの鐘」の手に落ち、また多数の強力な討ち手を失うなど、戦の結果そのものはフレイムヘイズ側の完敗だったが……

（負けは負けでも、無駄じゃあなかった、と考えるべきだわ）

　ともかく、その宿敵二人の参戦を確認してからでないと、アシズを守る最強の戦力たる『両翼』は動くに動けない。彼らだけがあの二人と互角に戦える存在である以上、不用意な戦局への手出しで消耗するわけにはいかないのだ。そもそもウルリクムミとソカルが軍を率いて出撃したのには、ブロッケン要塞という、アシズが企図の実現を目指す本拠地で、物騒極まりない二人を迎え撃つ危険を回避するため、という側面もあるのである。

(なにしてかすか分かりませんからね、あのじゃじゃ馬は)

ゾフィーは、クスリと笑う前で、素早く十字を切る。

その指が宙に走った後に、青白い電光が散った。

「何人にも哀れまれず、罪を犯して省みず、存在もならぬ無に堕ちる我らに、せめて勝利よ輝け、アーメン・ハレルヤ・この私」

瞑目して唱えつつ、自分に願うため両掌を胸の前で組む。

バチン、と再び青白い火花が散った。

出陣の儀式が終わるのを見たタケミカヅチが、散歩に誘うような軽い声で言う。

「では、参りましょうか――『震威の結い手』ゾフィー・サバリッシュ君」

ゾフィーが明るく答える。

「はいはい、参りましょう――〝払の雷剣〟タケミカヅチ氏」

刹那、雷鳴の轟音とともに、黒い修道服の裾から目を焼くような眩い閃きが迸った。まるで下半身を稲妻の蛇と変えたかのように、フレイムヘイズ『震威の結い手』は飛ぶ。

後には、吹き飛ばされた天幕と、迷惑顔を黒く焦がした部下たちが残された。

紫電に包まれたゾフィーは、戦場の上空を横切る。その弓なりの軌道の頂で、戦場の空を一面に覆う、雲とも見える黒い靄に突っ込んだ。

と、靄を構成する一粒一粒が、彼女に群がり立って襲い掛かる。

無数の、指先ほどの大きさのそれらは、息も吸えないほどに密集する、蝿。

戦場全域を監視するため、『九垓天秤』の一角、大斥候〝凶界卵〟ジャリが展開した自在法、『五月蝿る風』だった。天を覆わんばかりの蝿の大群によって、彼は遠く広く見聞きし、また戦うのである。一匹一匹は所詮蝿、大した力もないが、とにかく数が多い。フレイムヘイズが誰も飛行して戦っていないのは、この危険な結界が空中に張ってあるためなのだった。

もっとも、紫電を纏うゾフィーに、『五月蝿る風』は一切通じない。たかる傍から蝿は灰燼に帰してゆく。そんな、不気味に煙るゾフィーの視界、行く先たる戦場に巨体が聳えている。

(見つけた)

向こうも気付いたらしい。慌てて肩に乗っていた花を放り捨てるのが見えた。

「つきますよ――」

ゾフィーは修道服の裾を引き絞り、飛行体勢を反転させる。

「――だあらっしゃあ――っ!!」

後方に稲妻を引いて、フレイムヘイズ兵団の総大将は〝巌凱〟ウルリクムミの真正面、描かれた双頭の鳥へと両足による飛び蹴りを見舞った。

再びの雷鳴、壮絶な放電、そして圧倒的な衝撃に、鉄の巨人が宙を舞った。


両軍ぶつかる東端に、［とむらいの鐘］と陣列を並べる、とある援軍があった。

先手大将〝焚塵の関〟ソカルを失いながらも、未だ士気高く奮戦を続ける［とむらいの鐘］中央軍の右翼（フレイムヘイズ兵団からの見方とは、ちょうど反対になる）として『ベルワルド集団』を圧迫する、不気味なほどに整然とした一団である。

彼らは積極的に戦に加わることなく、ウルリクムミによる横撃の成功を待ってひたすら耐える中央軍と、静かに進退の歩調を合わせている。中央軍が一歩下がれば並んで一歩下がり、二歩進めば並んで二歩進む。進退を邪魔する者のみを、容赦なく圧殺する。

この一団、自らを称して［仮装舞踏会］といった。

今、その本陣には、数百年に一度とも言われる、稀有な情景があった。

実際の眺めとしては、ただ三人が、そこにいるだけである。ただし、多少なりと［仮装舞踏会］について知っている者ならば、この揃い踏みがどれほど奇異なことか、そして、それがどれほど重要な意味を持っているのかを思い、恐怖するはずだった。

そんな彼らの本陣は、軍団の移動に合わせて進退がしやすいよう、四つの支柱で四角く陣幕を張っただけの簡素なものである。

内側を掃き清められた陣の中央には、銀縁の装飾を施された黒材の輿が置かれている。

輿の上には少女が一人、端然と立っていた。

白く大きな帽子とマントに着られるような、小柄な少女である。眠るような自然さで相貌を閉じ、力なく前に下げた両手で錫杖を横一文字に携えている。確かに届いているはずの戦場の叫喚をさえ、神秘の風に変えてしまう、不思議な雰囲気を漂わせていた。

輿の周りには、紙に描かれた騎士が四体、少女を守るように立っている。これらも、薄さを感じさせない強力な力感に溢れており、風に微塵も揺るがない。

その中、輿の右前に立つ女性が口を開いた。

「まだ、それらしい動きはないかね、ヘカテー？」

少女の雰囲気も気にしない、灰色のタイトなドレスに装飾品を幾つも付けた、妙齢の美女である。額の一つを加えた三眼だが、右のそれには眼帯がある。

ヘカテーと呼ばれた少女は、目を瞑ったまま、唇だけを僅かに動かして言葉を紡いだ。

「ありません。まだ、一画も動かしていないようです」

「ふうむ……その前に戦いが終わってしまっては意味がないのだがねえ。シュドナイ、『震威の結い手』の参戦で、戦局はどの程度動くと思うね？」

女性と輿をはさんだ反対側、左前に立つ漆黒の鎧に身を固めた大男・シュドナイは、深くかぶった兜のまびさしの下で笑った。

「ははあ、我らが軍師、〝逆理の裁者〟ベルペオル殿に、戦について尋ねられるとは。俺如きが浅慮の口を挟んで良いものか」

笑いつつ、肩にかけた槍で兜を軽く叩く。

その子供っぽい皮肉に、眼帯の女性ことベルペオルは、薄い唇の端を釣り上げて笑う。

「ふふ……なに、我らが将軍〝千変〟シュドナイ殿に、参考意見を訊いておきたいのさ」

あくまで自分が決定権を持つことを匂わせての、再質問である。

シュドナイは、フンと鼻を鳴らして、

「あの雷ババアが参戦したからといって、さほど戦局には進展もあるまい」

それでも明確に答える。元々、軍師に対しても、さほどの悪感情を抱いているというわけでもない。単に性格の反りが合わないだけなのである。

「むしろ双方、駒が揃って膠着するだろう。一方の陣列立て直しと再攻勢が、次の転換点か」

ふむ、とベルペオルは頷くだけで済ませ、肯定も否定もしない。彼女は、自らの考えを容易く他者に明かさない。さらに意見を求める。

「あと一つ、決定的な転換点があるとすれば……あの二人の参戦かね」

来るべきものへの期待から、シュドナイも今度は同意で返した。

「ああ。そうなれば『両翼』も出撃して、両軍ともに奴らを中心とした総がかりをかけるだろう。［とむらいの鐘］の中央軍が戦線を支えているのも、同胞殺しどもの左翼が〝焚塵の関〟を討滅して以降、隊を前進させていないのも、その時に備えて力を溜めているからだ」

二人して、他人事のように戦況を分析する。

それも当然というべきか。実のところ［仮装舞踏会］には、自分たちで戦局を動かす気が全くない。どころか、でき得る限りの膠着を望んでいた。ソカル亡き後も、その軍勢と歩調を揃えているのは、決定的な局面を生まないための、消極的な遅延工作なのだった。

名目こそ［とむらいの鐘］の要請を受けての参陣ではあったが、彼女らの真の狙いは、アシズの『壮挙』とは別にある。密接に関わりつつも、全く別の狙いが。元より〝徒〟同士の誼、義理や人情で、世に鬼謀をもって鳴る〝逆理の裁者〟が援軍を出すわけもない。

そのベルペオルが、額の目だけで、月星もない暗夜を見上げる。戦場の空を覆う、雲と見紛うばかりの黒い靄は、全て〝凶界卵〟ジャリの操る『五月蠅る風』である。

「だとしても、一体どこから攻撃をかける気なのやら……あの二人とて、上空に張られた『五月蠅る風』の監視網を掻い潜り、ブロッケン要塞に接近するのは、まず不可能だしの」

「まあ、いずれ蝿どもに見つかって、『両翼』との派手派手しい対決の続きが、この戦野でも見られるだろうさ。俺たちの出番……いや」

シュドナイとベルペオルは揃って、視線を後ろに流した。

依然、同じ姿勢で目を瞑り佇む一人の少女を、見る。

「俺たちの巫女の出番は、それからだ」

巫女〝頂の座〟ヘカテー、

軍師〝逆理の裁者〟ベルペオル、

将軍〝千変〟シュドナイ、

役割も行動原理も異なる、強大な〝紅世の王〟たる彼女ら[仮装舞踏会]の幹部『三柱臣』が、同じ場所で揃って動くことなど、通常ならば在り得ない事態である。

しかし、この戦は通常のものではなかった。三人がともに、命と存在に賭けて遂行を望む大命……その一つに付随する重大な意味を持っているのだった。

戦野の一角で、『三柱臣』は時が来るのを、静かに待つ。

ブロッケン山を主峰とするハルツ山地は、全体になだらかな山々からなる。

峻険な刃、あるいは壁を彷彿とさせるアルプスの山嶺群とは違って、この一帯の勾配は、せいぜい膨らんだパイ生地が幾つも並んでいる、という程度でしかない。

ただし、その規模は、山地と形容されるだけあって大きい。ブナやオーク、ヒマラヤ杉など、色も樹相も濃い木々の密集する、まさに大地の波濤だった

ブロッケン山は、その中でも一際、大きな波として膨らんでいる。

「とむらいの鐘」の本拠地たる要塞は、この山頂の台地に築かれていた。

深い霧によって常に自らの姿を隠し、また近寄る者を喰らわず殺すことで、近隣の人間たちから魔の山と恐れられるようになったこの地は今、十八年に渡った〝紅世の徒〟とフレイムヘイズによる闘争の集約点として、熱く燃えていた。

麓の戦場で湧き起こる爆炎の照り返しを受け、霧の奥に立ち並ぶ塔の輪郭が浮かぶ。速い山風に裂かれた切れ間には、轟き震える夜気を硬く拒絶するような、白い花崗岩が覗く。

要塞の形状は、当時一般の建築様式ではない。目立った胸壁も見えず、直接山嶺に溶け込むような威構が幾つもの塔を頂点として、総じては柔らかく壮麗に、部分は硬く頑健に、高く鋭く伸び上がっている。全容はまるで、なだらかな山頂に被せられた巨大な冠だった。

この冠の中央に、とりわけ大きく太い塔がある。『首塔』と呼称される、対フレイムヘイズ軍団「とむらいの鐘」の中枢機構だった。内部は空間で、鮮やかな青い光に照らされている。

光を放っているのは、大きな鳥籠を頂く、大きな青い炎。

これを支点に、九岐の腕を広げる黄金の上皿天秤が、空間をいっぱいに埋めている。伸びた腕の先にある、家さえ載りそうな九つの大皿には、幾つか間を空けて、五人の姿があった。

五人といっても、人間ではない。いずれも世に名高き、強大なる〝紅世の王〟――「とむらいの鐘」の誇る最高幹部『九垓天秤』たちである。

燃え盛る青い炎に照らされる中、その一人が重々しく口を開いた。

「まだ、見つからぬか」

銀の長髪に金冠を模した額当て、二の腕の膨れた上衣に胸甲と草摺り、拍車の付いた長靴、襷掛けにした剣帯に吊ったサーベルという、騎士、あるいは剣士の装い。

〝虹の翼〟メリヒム。『両翼』の右たる〝王〟である。

問いの投げかけられた向かいの皿には、人間大の卵が浮かんでいた。卵には、魔物と女と老人、三つの面が張り付いていて、三つの剽げた声を混ぜて答える。

「わしは誰の口からも！」「知ることも聞くことも！」「できなかった！」

声を繋げつつ笑って、カタカタと面を震わせる。

〝凶界卵〟ジャリ。『九垓天秤』において敵情視察を主任務とする大斥候である。

メリヒムの隣、皿の平面から首をもたげる竜が、落ち着いた老人の声で言う。

「あの『天罰狂い』と女丈夫』が、これほどの大戦の先陣を切らぬとは、まさしく奇怪千万。『寡言と戦技無双』の姿も見えぬ……となると、何処かに伏せ隠れ、奇襲でも企んでいるのか」

見せる首の全面を、分厚いと分かる鈍色の鱗と甲羅でガッチリと固めている。

〝甲鉄竜〟イルヤンカ。『両翼』の左たる〝王〟である。

ジャリの隣にある牛骨の顔が、せわしなく歯を鳴らして言う。

「あの二人が現れないまま戦局が膠着するのは、基本的には我が方にとって有利ですが……無為に時が経てば、戦場で孤軍奮闘されているウルリクムミ殿の身にも危険が及ぶでしょう。ほぼ全兵力を預けたとはいえ、すでにソカル殿も亡くした今……果たして支えられるかどうか」

派手な礼服で着飾った、直立する牛骨は、忙しなく骨体を動かして同輩を心配する。

〝大擁炉〟モレク。『九垓天秤』の宰相として、広く全般の采配に当たる〝王〟である。

そんな彼の向かい側、黒い毛皮の外套を纏った痩身の女性が、鋭い叱声をあげた。

「黙れ、痩せ牛。今さら既定の作戦方針に愚痴を零してどうなるか。主の『壮挙』実現のみを目指すと、我ら『九垓天秤』は誓ったはずだ」

黒衣と黒髪の内に、色の抜けるような鋭い白面を見せる美女である。その顔と、頭上に一対生えた獣の耳の内にある毛だけが、黒い全身に三点の白を浮かび上がらせている。

その痩身の、右腕だけが大きい。どころか、袖が漏斗のように広がって床に着いていた。袖口からは無骨な黒い爪が放り出されていて、雰囲気の剣呑さを助長している。

〝闇の雫〟チェルノボーグ。暗殺と遊撃を旨とする『九垓天秤』の隠密頭である。

彼女にきつく言われてモレクは肩を落とし、しかし同意の呟きを漏らした。

「たしかに……『壮挙』をさえ、成就させられれば、我々は……」

五人の『九垓天秤』は、自分たちの載る天秤の中央、鮮烈に燃え盛る青い炎を見つめた。その恐るべき密度と量の〝存在の力〟を持つ炎こそ、彼らの主。

〝棺の織手〟アシズ。[とむらいの鐘]の首領である。

「まだ、だ」

一言一句を確かめるような、重い壮年の男の声が『首塔』内に響き渡る。

「まだ、早い……九垓を平らぐ、我が天秤分銅たちよ。しばしの、しばしの時を、この世に在る全ての者のために、生み出せ」

主の声に、『九垓天秤』らは一斉に、それぞれの形で威儀を正して一礼する。

その中、〝凶界卵〟ジャリだけが、

「おお、主よ」「あなたは生きている以上は、無意味に生きないでください！」「あなたが心底から欲するものを、我らは時が来るまで待っているのです！」

と面をカタカタ鳴らし喚いていたが、これはいつものことなので、誰も気にしない。

ただ彼らは（喚いているジャリも）主の青い炎の上に、炙られるように浮かび上がる大きな鳥籠を……その中で、彼らの稼ぐ時間を、ほとんど貪欲といって良いほどに浪費する、一羽の鳥を……五日前、多大な犠牲を払って奪取した宝具を……見上げた。

それは、一人の少女。

大きな鳥籠の中、膝を崩して座り込み、顔を俯けたまま身動き一つしない。薄い衣から伸びた細い手足には、アシズの炎と同じ色の、血管にも似た不気味な紋様が浮かび上がっている。

少女は若く、存在も小さな〝徒〟である。

しかし、たった一つ、奇跡の力を持っていた。

自在法の……まさに望むまま、自由自在な構築である。

この世に渡り着た当初、彼女はおよそ不可能とは無縁であるかのように、自由に、鳥の空を往くように飛び回り、思いのまま、あらゆるものに干渉した。並の〝徒〟どころか〝王〟にすら不可能な事象を、軽く容易く起こして、まさにこの世を遊びに遊んだ。

あるときは親切な〝王〟の元で気儘に暮らし、またあるときは放埒な〝徒〟と戯れ、また気が向けば人間と触れ合い、喰らった。恐るべき力を、誇るでもなく無自覚に無邪気に振るい、余人を憚らず、心を斟酌もせず、ただ自らの欲するままに、この世を飛び続けた。

しかし、無垢で無知な少女は、気付けなかった。

自分自身も、他者の欲望の対象となることに。

少女の持つ力の意味に気付いた者が、それを己が欲望の道具とすべく群がり集うのに、多くの時間はかからなかった。他者との諍いを嫌い、戦うことも知らなかった少女はすぐに捕らえられ、自在法を紡ぐ虜囚、飼い主のために歌う鳥の身へと堕とされた。

『小夜啼鳥』。

少女と、少女を捕えて望みの自在法を啼かせる鳥籠――二つを合わせた一つの宝具に与えられた、それが名前だった。

この境遇に堕ちて数十年、少女は持ち主の望みをこの世に具現化する宝具として扱われてきた。当座の持ち主、宝具として彼女を奪おうとする者、それ以外の者、全てに。〝徒〟もフレイムヘイズも、あるいは人間でさえ、誰も彼女をそれ以外の存在と認める者はなかった。

少女は、そんな外の光景を、無気力に眺め、ただ時を潰すように過ごしてきた。

今も、文字通り籠の鳥として、憂愁と諦観を漂わせて目を閉じ、力なく俯いている。

「今、しばしで、望みを、拾い上げられよう」

アシズが言うと同時に、鳥籠の柵に青い炎が纏わり付き、吸い取られる。

少女が僅かに瞼を震わせた。薄い衣の開いた襟元、鎖骨に、這い上がるようにジワリと、手足にあるのと同じ紋様が浮かぶ。

この鳥籠は、単なる檻ではない。"存在の力"を注ぎ込むことにより、少女の深層を支配する宝具でもあった。不気味な紋様は、その支配力浸透の表れである。これが全身に浮かび上がったとき、少女は『持ち主の望む自在法』を発動させる。

本来、この侵食は長い時をかけて行われる。弱きとはいえ、仮にも"徒"を意のままに操るのである。実際に彼女を啼かせるためには、並の"徒"では一生手の届かないほどに大量の"存在の力"が必要だった。ゆえに……あるいは当然と言うべきか、彼女を手にした者の大半は、この望みの必要量を満たすために無理な行動を取り、自滅している。

しかし、"棺の織手"アシズに、その心配は無用だった。

十八年前、オストローデという大都市を丸ごと"存在の力"に変換して以来、彼は高純度にして莫大な量の"存在の力"を保持し続けていたからである。

俄かに徒党を組んで戦うようになったフレイムヘイズらとの闘争を支え、また圧倒してきたこの力は、たった五日で『小夜啼鳥』という少女の大半を支配しようとしていた。

彼の望む『壮挙』に必要不可欠のものを動かすために。

すがるべき主の言葉に、モレクは牛骨の顔を激しく頷かせて言う。

「そう、そうでなくては、我々の払った多大な犠牲、同志の死が、全て無駄に――」

「まだ戯言を繰るか、この痩せ牛が」

チエルノボーグがまた口汚く、その声を遮る。

「うむ、お気持ちは察するが、少し気を静められよ、宰相殿」

イルヤンカも首を向けて、落ち着きのない同輩をたしなめた。

硬軟二人に言われて、宰相という高い地位にあるはずの男は身を小さくしてしまう。

「は、はっ、申し訳、ありません」

宰相モレクは、これでも相当に強大な部類に入る〝紅世の王〟であり、明晰な頭脳と的確な指示で組織を動かす賢者である。である、が、どうにも性格が臆病に過ぎた。『九垓天秤』の同輩たちが加速度的に討ち死にしていくことへの動揺も、骨の容貌にありありと見える。

(無理もない、千年からともにあった戦友たちが、この僅か十数年で……世に名高き我ら『九垓天秤』の大皿も、ずいぶんと寂しくなったものだ)

イルヤンカは、表情の摑みにくい竜顔に、僅かな悲しみを乗せた。

緒戦の速攻を受けてソカルが討ち死にした今、戦場で孤軍奮闘するウルリクムミを加えても、九人いたはずの彼らは、すでに六人にまで減っている。

（あるいは、我らはこの『壮挙』のために、潰え去ってしまうのやもしれぬな）

これまで、自らも重要な戦力の一つとして組織を支えてきたアシズは、『都喰らい』で得た"存在の力"も、その支配を行う作業へと回されている。あらゆる意味で後のない戦いに、彼らは立っていた。

『小夜啼鳥』の支配にかかりきりになっており、『都喰らい』で得た"存在の力"も、その支配

現は、まさに素晴らしき変革、それでこそ我が命と牙を捧げた主、と誇らしく思う。『壮挙』の実

イルヤンカとしては、自らの忠誠と矜持にかけて、そこに悔いも恨みもない。『壮挙』の実

垓天秤』たちも、態度こそ違え、同じ気持ちだろう。

（なぜ、この気持ちを、奴らも抱いてはくれぬのか）

五日前の『小夜啼鳥』争奪戦で『壮挙』の意味と意義を宣布されたフレイムヘイズらの反発、

その内にある"王"らの激昂ぶりは、アシズや『九垓天秤』らの予想を遥かに超えていた。

これほど素晴らしいことを、なぜ。

（その分からず屋たちと戦ってきた我ら[とむらいの鐘]は、これまでのように、勝利して友を失い、勝利して同輩を失いして、遂には、『壮挙』実現という勝利をなして……）

いかん、と鉄鱗の竜は僅か首を振る。

（宰相殿に偉そうなことは言えぬな）

振り向けた先に、彼らの主と、この世の全てを変えるだろう、万能の鳥籠がある。

（年寄りは、どうにも弱気が先走るわ……ともかくも、我ら栄えある［とむらいの鐘］は勝ち続け、『壮挙』実現への道を一歩一歩、前進しているのだ）

イルヤンカは、『都喰らい』の戦いを思い出す。

十八年前にあった、大戦の実質的な始まりと言っていい、戦いを。

特殊かつ大掛かりな、この自在法は、いきなり行えたわけでも、平穏の内に終えられたわけでもなかった。アシズが『都喰らい』の触媒として作ったトーチの多さは、同時に大きな世界の歪みをも周囲に伝播し、敵を誘き寄せたからである。

（まさに、四面楚歌であったな）

『九垓天秤』らは、この準備段階における尋常ならざる世界の歪みに気付いたフレイムヘイズの一団、および［とむらいの鐘］に敵対していた、別の〝王〟の組織による包囲と攻撃を、各自の力を尽くし、守りに守った。

当初は、敵の多さと地勢の悪さ（オストローデは大都市の常として平野部にあった）から、防衛する［とむらいの鐘］劣勢のまま戦局は推移していたが、待望の転換点——アシズの『都喰らい』成就によって、形勢は逆転した。

自らを巨大な存在とした〝棺の織手〟アシズが、配下の『九垓天秤』らに力を分け与え、また自らも先頭に立ち、打って出たのである。かつてオストローデという名の都市だった場所に四方から攻めかかっていたフレイムヘイズの一団と〝王〟の組織は、この十人の〝紅世の王〟

を先頭にした軍勢による総反撃を受けて、一挙に撃砕された。偉大な首領による企図の成就と、それに伴う大勝利。［とむらいの鐘］の総員、一兵卒に至るまでが、どこまでも突き進めるような高揚感の中にあった。

（うむ、まさに、勝利の一歩だった……）

イルヤンカにとっては、まさに黄金時代の、栄光の記憶。

（だが……）

栄光の輝きは、その反対側に不吉の影を映し出してもいた。

栄えある光に差した――否、堂々と立ち塞がった、一つの影を。

猛然と燃える力を紅蓮に表し、立ち塞がった、一人の討ち手を。

（……『天罰狂いの魔神と、その力を自在に使いこなす女丈夫』……）

それまで東方で戦っていたという討ち手の女は、余勢を駆ってフレイムヘイズらを完全殲滅せんと追撃をかけていた『九垓天秤』の一角と交戦、思わぬ底力と機転によって、これを討滅した。長く九皿揃って主の元に在った彼らの知る、初めての喪失だった。

しかもこの喪失は、一過性の事件では終わらなかった。彼ら［とむらいの鐘］と、その討ち手との十八年に渡る激しい戦いの、始まりの烽火だったのである。戦って怯まず、逃げるとなれば捨て台詞の大口を叩く、彼女は［とむらいの鐘］の宿敵となった。

さらに彼女は戦い以外の面でも、一人一党の気風に溢れていたフレイムヘイズら――『都喰らい』事件では、単に並んで戦っただけという烏合の衆——を徐々に纏め上げ、一つ力に変えていくという、この大戦に繋がる重大な役目をも果たしている。忌々しいことに。

イルヤンカは、その女に影の如く付き添い背中を守る、もう一人の討ち手のことも思う。

（……『寡言の大河と戦技無双の舞踏姫』……）

問答無用に衆を惹き付ける女とは反対に、正論と理によって衆を動かすフレイムヘイズ。どちらが欠けても今の状況は成立しなかっただろう、恐るべき運命の車の、もう片輪。

この宿敵二人とは、『両翼』として十八年の間に、何十度戦ったかしれない。

互いに邪魔し、邪魔されて——しかし五日前の重大な戦いには、勝った。

今、彼の目の前にある鳥籠の少女『小夜啼鳥』の争奪戦である。その時点における鳥籠の持ち主であった〝紅世の王〟の居所への、ジャリとモレク、チェルノボーグを除いた『九垓天秤』の主力に、アシズをも加えた、[とむらいの鐘]始まって以来の大遠征だった。

その最中、性懲りもなく集ったフレイムヘイズ兵団（と呼べるほどの勢力になっていた）との戦いが起こり、メリヒムはあの女に『空軍』を殲滅され、イルヤンカも女の相棒に手ひどい傷を負わされ……そしてまた、『九垓天秤』の一角が喪われた。

が、それでも『小夜啼鳥』の奪取という、確かな勝利は彼らのものとなった。

戦場で高らかに宣布された[とむらいの鐘]の、アシズの目指す『壮挙』への猛烈な反発だけは全くの予想外だったが、どちらにせよ彼らの進む方向は決まりきっていた。

主の道を塞ぐ者があれば、排除するだけのことである。

今、山麓で起きている大戦のように。

宿敵二人の出現が戦局に転換点を齎し、『両翼』の参戦も呼ぶ。そのときが［とむらいの鐘］にとって本当の、そして恐らくは最大の、戦いの始まりとなるはずだった。

（何処かへの奇襲か、新たな援軍でも引き連れてくるのか——しかし、だとしても、遅い）

あの女が、先頭切ってやって来ないというだけでなく、これほどに事態が推移するまで動かないというのは、いかにも奇妙だった。仲間（彼女はフレイムヘイズらのことを、そのような言葉で呼ぶ）を無駄死にさせるのは、彼女の流儀ではないはずなのだが。

（メリヒムも、大概焦れているな）

彼の隣の大皿に立つ銀髪の剣士は、さっきから組んだ腕の上で、せわしなく指をトントンと叩いている。彼は他の誰よりも強く激しく、女との戦いを望んでいた。

フレイムヘイズから主を守る『両翼』の片割れとして。

戦いを指揮する『九垓天秤』の一角として。

なにより、一人の『男』として。

（よりにもよって、なんと厄介な——）

「お?」「お?」「お?」

突然、ジャリが奇妙な声を合わせた。長く付き合っていると、その意味も分かる。

不審だった。

「誰が来たのか」「柵の間から」「見よ」

　この〝王〟の言葉は、ほとんど飾りである。意味は言葉尻と状況から察するしかない。

　彼らの頭上、星図の記された『首塔』空洞の天井に、どこからともなく現れた無数の蝿が群れなして渦を作った。黒い風とも見えるそれが、やがて砂絵のように静止し、すぐ黒の濃淡で描かれた点描のように明確な像を結んでゆく。

「門を」「門を揺さぶり」「壊しています!」

　意味不明な文句の続く間に、天地逆さまにした地形図が完成していた。戦場の上空一帯に張り巡らされた〝凶界卵〟ジャリの自在法『五月蝿る風』に呼応した、正確な現状である。

　ブロッケン要塞を載せた山、周囲のなだらかな峰々、戦場となっている裾野……しかし、彼が見せたいものは、そっちではない。

　空中だった。

「む……?」

　メリヒムが眉を顰め、その光景を見た。

　他の『九垓天秤』たちも、怪訝な面持ちで見上げる。

　霧や風の動きまで精巧に蝿で描かれた点描、その端から、空白が迫り出していた。そこだけ点描の描かれない不思議な空白は、見る間に地図の端から離れ、宙を舞う泡のように動く。

否、進んでくる。

宙を行く、球が。

「なんでしょう、全てを捉え映すはずの『五月蝿る風』に、空白が……？」

モレクが見上げながら尋ねる。もちろん、答えられる者は無かった。

その巨大な球体状のなにかは、地図の上を、つまり実際の空を、進んでくる。

炎渦巻く戦場の上を一直線に突っ切り、ブロッケン要塞目指して、ひたすら真っ直ぐに。

「!!」「!!」

メリヒムとイルヤンカ、『両翼』は、互いの気配だけで確認し合った。

突如、メリヒムの背後に光背のような輝きが出現した。光であって光でない、圧迫感を与える虹色の光背……まさに、その真名の如き、〝虹の翼〟。

抜く間も見せず、彼はサーベルを天にかざしていた。

その意味を悟り、モレクが骨の身をガチャンと跳ね上げる。

「メリヒム殿!?」

「伏せんか、痩せ牛！」

チエルノボーグは怒鳴りつつ膝を沈め、大きな右腕を盾のように体の前にかざした。

剣を天にかざしたまま、メリヒムは天秤の中央に燃える鮮やかな青い炎に向けて叫んだ。

「主よ！」

「許す——征け、我が『両翼』よ」

アシズの声が終わると同時、『首塔』空洞内に七色の光輝が爆発した。密閉された場所の空気が解放される感覚を一同が得たときには、既に『首塔』の天井が消滅している。

〝虹の翼〟メリヒムの誇る、当代最強の破壊力を誇る自在法、『虹天剣』の炸裂だった。

「うひゃあっ!?」

腰を抜かしてへたり込むモレク、

「来るのか、奴らが」

眉を顰めるチェルノボーグ、

「赤毛の女は」「大層図々しく高慢な態度で庭へ押し入り」「兜を脱がず剣を外さず——」

喚き続けるジャリらを置いて、
メリヒムは空けた穴から、霧深き闇夜へと光背を輝かせて舞い上がった。

続いてイルヤンカが、

「参ります、主」

言って、天秤皿の平面から、隠されていた巨体を引っ張り出す。

長い首を伸び上がらせ、縁に鋭い爪をかけて腕を、より重厚な甲羅を輝かす体を、弾みを付けるような太い足を、力感にしなる尾を引き出し、暴風を巻き起こす翼をはためかせ、轟と飛ぶ。その全形は、長く太い体を分厚い甲羅と鱗に覆った、四本足の有翼竜だった。

ブロッケン要塞の頂から空へと上った『両翼』は横に並んで、ジャリの地形図に映った空白のある方向を視線で刺す。

夜霧と山風の彼方、戦火に照り返される『五月蝿る風』の中、蝿の群れの見えない、ポッカリと穴の空いたような空域がある。何者かの気配、自在法の発動、いずれも全く感じない。

が、だからこそ、それは異常な事態だった。

しかも、地形図で縮小された感覚と違い、それは猛烈な速度で突撃してくる。

本来ならば怖気を誘われるような光景と感覚の中、

「ふ、ふ、ふふ」

メリヒムは、震えていた。

「来い」

緊張であり、期待でもある喜びに——笑っていた。

「今度こそ」

声に心に応えて、光背の輝きが一段と増し、広がってゆく。

「手に入れる」

巨大な円形に輝く虹色の光は、まるで山の冠・ブロッケン要塞の頂華だった。

「おまえを——!!」

サーベルが振り下ろされた瞬間、背後の光背が、波紋の広がるのと逆向きに集束、剣尖から直線の虹となって迸り出た。

ブロッケン山に迫りつつあった見えない何かに、霧と闇を貫いた直線の虹『虹天剣』がぶち当たり、炸裂した。壮絶な爆発と破砕音が霧伝いに山麓を震わせ、虹色に燃え上がる炎と湧き上がる煙が、その何かの姿を暴く。

、、、、、、、、、
なにもない場所に空いた破砕面から、壮麗な宮殿が僅かに覗いた。が、それは、一向に速度を落とさない。要塞の中央部、アシズのいる『首塔』へと、まっしぐらに突っ込んでくる。

メリヒムは、さらに笑みを深め、隣に滞空する盟友へと怒鳴る。

「イルヤンカ!!」

「応さ」

求められることを察していた巨竜は、すでに空を滑ってメリヒムの前へと出ている。その勢いで撓め反らしていた太い首を、胸に吸い込んだ空気の噴射口として、重く速く突き出す。

「ツガハアアアアアア――――!!」

その幾重にも牙の並んだ口から、火山の噴煙にも似た鈍色の煙が吐き出された。水に大量の墨を落とすように、噴煙は濛々と色濃く広がり、霧を追い出して空中に溜まってゆく。

と、その広がる先端が、見えない巨大な何かの突進に当たった。

途端、先の『虹天剣』の炸裂にも負けない、恐ろしい衝突音が発生した。音だけでなく、見えない何かは、実際に衝突していた。鈍色の噴煙に。

これぞ〝甲鉄竜〟イルヤンカの力、当代最硬の防御力を誇る自在法、『幕瘴壁』だった。

吐かれた場所に留まり、無類の硬度を持つ壁となる噴煙に、突撃をかけた何かは自らの速度と質量によって壮絶な衝撃を受けた。投石が岩に当たって跳ねるように、それは突撃の進路を曲げられ、ブロッケン要塞の基部、山麓の岩盤に墜落、激突する。

濛々と上がる土煙と『虹天剣』による破孔から、何かの全景がようやく知れる。

卵の殻のような球体に覆われた、宮殿だった。

メリヒムとイルヤンカは、それが何であるか知っていた。

「これは――」

「――まさか、『天道宮』か!?」

この世で最大級の宝具、『天道宮』。

泡のような異界『秘匿の聖室』により、内にある物の姿と気配を隠し、自在に空を行く……これを建造した〝王〟とともに、数十年から行方不明となっていた移動城砦である。特別戦いのための機能が備わっているとは聞いていない。戦場での突撃に、というより、そもそも戦いに使用するような代物ではなかった。

もっとも、彼女らにとっては逆に、この城砦に備えられた気配の隠蔽機能、それだけが必要なら駆り出しもするのだろう。戦場の外にも抜かりなく張り巡らされていた『五月蝿る風』の密度の薄い空域を、全く発見されることなく掻い潜るには、たしかに効果的ではあった。戦場の上空、密度の高い『五月蝿る風』の中に入られたことで、ようやくジャリは全くなにもない空域の広さに気付くことができたのだから。

そして、気付いたときはすでに遅い。

移動城砦は速度によるごり押しで、本来そこで引っかかるはずの戦場を、消耗するはずの戦いを全てすり抜け、一挙にブロッケン要塞まで到達してしまったのである。

この、参戦どころか、いきなり足元に食らい付いてきた宿敵の急襲——そもそも兵器として作られたわけではない宝具による、思いも寄らない突撃——危うく防いだ、的確でありつつも乱暴に過ぎる手段——それら全てに、イルヤンカは戦慄を通り越し、唖然となった。

「これを直接、ブロッケン要塞にぶつけるつもりだったのか……なんという、無茶苦茶な」

メリヒムは顔を振り向けず、

「今さら言うことでもなかろう、〝甲鉄竜〟イルヤンカ、我が戦友よ」

ただ求める女の姿のみを土煙の中に探しながら、まるで誇るように答える。

「そういう女だ」

そのとき、
ガン、

と破砕された隠蔽の殻『秘匿の聖室』の縁を、強く硬く誰かが踏みつけた。

墜落の粉塵が薄れてゆく中に、煌きが見えた。

あまりに眩い、紅蓮の煌きが。

「――!!」

メリヒムは応えるように、再びその背後に虹色の光背を現していた。待ち焦がれていた煌きに向けて、再びの笑みを浮かべる。爽やかさなど微塵もない、征服すべき獲物を見つけた猛獣の、狂熱の笑みである。たまらない喜悦を、そのまま言葉に変える。

「やはり、おまえが一番か――マティルダ・サントメール、『炎髪灼眼の討ち手』よ」

火の粉を乗せた風が渦を巻いて、薄煙が吹き払われた。

中心に、女が立っている。

紅蓮の煌きを双眸と髪に宿す、女が。

淑女と言うには印象が苛烈に過ぎ、女傑と呼ぶには挙措が高雅に過ぎる。きつく跳ね上がった眉を特徴とする容貌は不思議な静謐を湛えて、どこか秘された宝剣の凄艶さを思わせる。

「こういう場合は、一番だ、って言うものよ――『両翼』の右、〝虹の翼〟メリヒム」

その、振るわれるために秘されていた宝剣は、凄みを利かせて笑い、求める。

「さあ、始めましょう、戦いを」

2
要塞

空にある〝虹の翼〟メリヒムは、出遭う度に駆られる激情の中にあった。

飽きるどころか、感銘と感動は蓄積され、大きくなる。

(今日も一つ、喜びとともに積み重なる……俺を前にした、おまえの姿が)

その見下ろす先に立つ女は、しかし真っ向睨み返して見下されることがない。火の粉を舞い咲かす炎髪と煌く灼眼をすら一部とする、力と意志に満ちた麗容は、まさに絢爛な豪華。

(炎と瓦礫の、なんと似合う女か……燃えて、壊す、まるで能動の権化だ)

黒いマントに裾長の胴衣、ベルトには帯剣せず鎧は帷子のみ、黒い長靴に輝く拍車という、実質本位に固めた出で立ちだったが、その全身からは、それこそが完全な姿と思わせる、見る者に『敵し得ない』と感じさせる、圧倒的な貫禄と存在感が発せられていた。

(美しい、という言葉で、この女は表せない)

当代最強と誰もが――〝紅世の徒〟でさえ――認める、〝天壌の劫火〟アラストールのフレイムヘイズ、『炎髪灼眼の討ち手』マティルダ・サントメール。

その待ち人の声を再び求めて、メリヒムは言う。

「まさか『天道宮』を奪取してくるとはな。音に聞こえた〝髄の楼閣〟ガヴィダも、とんだ時節に不覚を取ってくれたものだ」

「そう？　丁度いいタイミングだと思うけど」

マティルダはとぼけつつ、全く率直に戦いを始める。

習癖として、白磁のような——と言うには生命力に溢れすぎている——左手で軽く、長い髪を払う。その、華麗に舞い咲く火の粉も消えぬ間に、鋭くまっすぐ、横に手を差し伸ばす。

（俺と向き合う姿、か）

メリヒムがよく知る、見目良き仕草の終わりには、しかしやはり、唯一の不快な物が映る。

伸びた中指の付け根に輝く、黒い宝石を意匠された指輪。〝紅世〟真正の魔神たる〝天壌の劫火〟アラストールの意志を表出させる神器〝コキュートス〟である。

手の甲にかかる飾り紐の輝きとともに振られた先、広げた掌の中に、紅蓮の炎が湧き上がった。炎は大剣の形を取り、強く握り込まれる。

マティルダは具合を確かめるように一振り、上から下に払って頷く。

「よし」

その傍ら、右手を軽く上げて、同じく炎を生む。

今度は丸く広がって、二の腕に固定される。体を全て隠せるほどの円形盾だった。

「いくわよ、アラストール」

「うむ」

遠雷のように重く低い魔神の声が〝コキュートス〟から響く。

その遣り取りに込められた信頼以上のものに、メリヒムの激情が憤怒に代わった。

「――!!」

傍目にも分かる豹変に、〝甲鉄竜〟イルヤンカは、

（まるで子供だ）

と今さらながら呆れる。

全く、誰にとって幸運で不運なのか、俄かには判断の付かないことだったが、［とむらいの鐘］が誇る『両翼』の右、〝虹の翼〟メリヒムは、その宿敵『炎髪灼眼の討ち手』マティルダ・サントメールに心奪われていた。

しかも、宿敵として交えてきた熾烈な戦いとその気持ちは、メリヒムにとっては矛盾しないものであるらしい。剣を交えることも二人――彼はアラストールの存在を無視するので、二人と言う――の結びつきの一つ形に過ぎん、と断言して周囲を呆れさせたことある。

実際、彼が本気で戦っていることは、その挙動から明白であったため、誰も文句を言わなかったが……恐らく、彼の心を本当に理解できているのは主〝棺の織手〟アシズだけだろう。

（ともあれ、マティルダ・サントメールではないが、ともあれ戦だ）

イルヤンカはメリヒムを置いて、巨体を滑らすように降下した。

（あの二人だけではない、我らの戦もあることだしな!!）

再び、その分厚い胸甲が息を吸って膨れ上がる。

「ブガハアア――!!」

牙を押して迸った『幕瘴壁』だが、今度は拡散しない。硬化させた先端を後続の煙で噴進させる、最硬度の弾頭と壮絶な速度を持つ砲弾だった。狙いは無論、『天道宮』に立つマティルダ。

しかし、イルヤンカは彼女に向けて撃ったのではない、この一撃は、必ず――

純白のリボンが、

ハラリと一条、マティルダの前に舞った。

最初の半秒を優雅に舞うと、いきなりそれは鋭く螺旋状に回転、表面に桜色の自在式を発光させる。迫る『幕瘴壁』の噴進弾を、螺旋の中に巻き込んで、全体を緩やかに曲げた。

その屈曲に沿った噴進弾は、あらぬ方向に飛ばされ、山肌に着弾して爆発する。

自慢の噴進弾を跳ね返されて、しかしイルヤンカは獰猛に笑った。メリヒムにマティルダがあるように、彼に配された敵、『炎髪灼眼の討ち手』の背中を守るフレイムヘイズに、言う。

「過日は世話になったな、『寡言と戦技無双』……」

マティルダと背中合わせに、女が忽然と現れていた。

「あれだけの負傷から僅か五日、もう復調でありますか」

絹のブラウスを切込みから覗かせる上衣、葉文様の刺繍の施された細長いスカートなど、場違いとも思える、盛装した貴婦人である。豪奢を下品に見せない風格を自然に纏うこの女性こそ、戦技無双の誉れも高い『万条の仕手』ヴィルヘルミナ・カルメルだった。

続けてその額、宝石を添えた飾り紐型の神器〝ペルソナ〟から、

「頑健祝着」

短く平淡な、からかいの言葉が発せられる。彼女に異能の力を与える〝紅世の王〟、〝夢幻の冠帯〟ティアマトーのものである。

イルヤンカの『幕瘴壁』を防いだ白いリボンは、肩から肘に絡んだ飾り紐の端である。並の〝徒〟やフレイムヘイズによる防御・反射の自在法ならば、使い手もろとも打ち砕く『幕瘴壁』の砲弾を、まだ戦闘態勢すら取っていない状態で、軽くかわしてしまった。

もっとも、ヴィルヘルミナの方も、イルヤンカが本気ではなかったことが分かっている。宿敵同士、技の冴えを確かめ合うのは挨拶代わり、ではない。挨拶そのものなのである。

それを十分に分かっている女、マティルダが、笑って尋ねる。

「で、天下のブロッケン要塞に乗り込んだってのに、おもてなしはお馴染みの二人だけ？」

抜かりなく周囲の情勢と位置を、灼眼で確認しながら。

それを分かっている男、メリヒムが、笑って答える。

「俺たちは、ただの出迎えだ。いずれもてなしは丁重にする——が」

同じく、女の挙動を、指先の震え一つまで警戒しながら。

「それよりも」

（メリヒム？）

イルヤンカは、盟友の声色に不穏なものを感じた。

彼のことは信頼しているが、今日の戦は、これまでの小競り合いや局地戦とは全く違う。

［とむらいの鐘］はこのためにあったと言って良い、〝棺の織手〟アシズの『壮挙』実現の時を目前、距離を指呼の間に置いた、まさに危急存亡の場なのである。

麓における両軍の対峙も、どちらが有利か一目では分からない乱戦模様となっている。趨勢いずれにせよ、全体の情勢に、遊びや余裕はない。

（……だというのに、まさか）

案の定、メリヒムは言う。

「過日の約束を、覚えているか」

マティルダは一瞬、何のことか分からず、怪訝な顔をした。

彼女の背後にあるヴィルヘルミナの方は、間を置かず、肩の線を硬くする。

「……！」

メリヒムがそうであるように、彼女もまた、一つの想いを秘めず表し、求めていた。

不快げに答えたのは、マティルダの指にあるアラストールである。

「約束というのは、あの愚かしい戯言のことか」

欠片も欲しくもない答えを受けたメリヒムは、舌打ちせんばかりに顔を顰めた。彼は、二人の間に入る邪魔者を嫌う。その中で最も嫌うのが、この男なのである。

そんな彼らを、マティルダは可愛らしく感じて、思わずクスリと笑った。

「ああ、たしか――『勝った方が、相手を好きにする』――だったかしら？」


「では、主……そろそろ私も、参ります」

「うむ……」

天井の開いた『首塔』の頂では、一つの自在法が起動しようとしていた。

部屋の中央に燃える〝棺の織手〟アシズの青い炎を受け、〝大擁炉〟モレクが言う。

「ジャリ殿、『両翼』お二方に限って、万が一のことがあるとも思えませんが、もしもの時は、この場をお願いします」

彼の骨体は、落ち着きなくカタカタと震えていた。派手な礼服の内から、骨がカランと天秤の大皿に落ちる。跳ね上がってもう一度床に着く前に、骨は黄色い火の粉となって空間に薄く広がっていった。散った彼の体は遠くに、また近くに染み渡り、自在法を構築してゆく。言われた人間大の卵、〝凶界卵〟ジャリは、真面目に返事をするでもなく、相変わらず三つの仮面を震わせて、いい加減な言葉を喚く。

「この盾はしばしば敵に立ち向かい」「俺の代わりに傷を受けてくれた」「今日もこれがどれだけ役に立つか！」

しかし、その三つの声の中に、彼への言葉が、確かに込められていた。

モレクは貧相な骨だけの顔ではなく、吐息の中に微笑みを混ぜて、次の相手に言う。

「チェルノボーグ殿、私の『ラビリントス』発動後、即刻あちらにお送りします。どうか、処置の方をよろし――」

「遺言のような言い草を止めろ、瘦せ牛」

黒衣白面の女、〝闇の雫〟チェルノボーグは、モレクの声を途中で切らせた。

彼女は、モレクが嫌いである。この牛骨の宰相が、自分たちも感じて、しかし奥底に隠しているものを表に出しすぎることに耐えられないのだった。

彼女らの隠すものとは、恐怖。

アシズが実現せんとする『壮挙』が、全く新しい時代を作り出す試みであるがゆえに、彼ら「とむらいの鐘」はフレイムヘイズのみならず、この世そのものが起こす反動と抵抗に晒される、あるいは呑み込まれる……そんな、諦観にも似た、避け得ないものへの恐怖だった。

モレクは、持てる実力に比して、異常なまでに臆病（おくびょう）である。しかし、だからこそ、彼はこの恐怖を誰よりも真剣に受け止めることができた。

他の『九垓天秤（くがいてんびん）』らのような、いざとなれば自分の力で切り抜ける、という強者の気楽さと彼は無縁（むえん）だった。彼はこれまでも、戦時下以外での組織の強化と、敵の弱体化に努めてきた。そして、その面において有能（ゆうのう）極まりない存在だった。宰相〝大擁炉（だいようろ）〟モレクは、強者としてではなく、賢者（けんじゃ）として討（う）ち手らに恐れられた、数少ない〝王〟なのである。

そんな彼をして、手の打ちようのない事態というものがある。
ゆえにこそ、手の打ちようのない事態としてあるように。
常に優勢を保って、しかし敵は無数に、湧（わ）いて出た。
壮大な夢に魅（み）せられた彼らも、決して退（ひ）かない。
こんな激突（げきとつ）が、無事に済むわけもなかった。

そうと分かっていても、彼らは進む。
アシズの望む『壮挙』を実現させる上での絶対要件（ようけん）だった『都喰（みやこく）らい』、同じく『小夜啼鳥（ナハティガル）』の争奪（そうだつ）戦、そして今起きている『大戦（おおいくさ）』……一人ずつ、長く欠けることのなかった同輩（どうはい）たちが討たれてゆく。誰もが進むことを望んでいるため、誰にも事態の推移（すいい）は止められない。

そして今、この欠落の感覚は、大詰めを迎えつつある『壮挙』と呼応（こおう）して、加速度的に増している。予感などという曖昧（あいまい）なものではない。過去の蓄積（ちくせき）から得られる、時流の実感だった。

モレクが怯えているのは、ただの臆病さの表れではない。自分たちを巻き込むものを、聡い知性で明確に把握している、臆病さによってはっきりと感じているのである。

チェルノボーグは、そんな彼が嫌いなのである。

常に人より多く気を回し、気を遣い、その結果見える、事実というどうしようもないものに怯えている……なぜ彼だけが、そんな目に遭わねばならないのか……可哀相ではないか。

だから彼女は、『あまり気にするな』という意味の言葉を放る。

「几帳面も、度が過ぎると嫌味にしかならん。我らが勝てば、なんの問題もないことだ」

字面はかなり違っていたが。

もちろんモレクの方は、字面をそのまま受け取る。

「それは、そうですが……」

落ち込む声に呼応するように、また骨が一つ落ち、自在法に変化するため、散る。

それが、なんだか永の別れまでの時を数えているかのように思えて、チェルノボーグは怒りに眉根をきつく寄せた。

その険しい表情を、彼女が自分を責めているものと恐れるモレクは、ようやく己の誇らしき主、その化身たる鮮やかな青き炎に向き直った。

「主、『天道宮』に再び妙な動きをさせぬよう、『ラビリントス』を常より大きな規模で張ります。でき得る限り時間を稼ぐつもりですが——」

「それ以上、申してくれるな、我が宰相」

アシズまでもが、心配性の右腕の言葉を切った。

「拳は、急ぐ」

声を行為に示すように、鳥籠へと、さらなる力が注がれる。既に、蹲る『小夜啼鳥』の首の根元まで、紋様は這い上がっていた。

「我が拳の為された後にこそ、おまえのような男が必要だ」

「……身に余るお言葉、光栄です」

声だけの喜びを滲ませ、モレクは身を低く屈めた。お辞儀をしたつもりらしいが、もう曲げる腰骨もない。それどころか、屈めた拍子に、肩の骨が礼服ごと大皿の上に落ちた。首だけが、宙に浮いている形となる。

「王は言葉と行為であなたに感謝しておられる！」「捕虜たちを引き連れて！」「出来るだけ早く戻るように！」

ジャリが囃すように喚く中、最後にモレクは鳥籠、その中にある少女を見上げた。

「私は、貴女にも、我々の拳に……」

宝具となってから初めて、同朋として扱われている『小夜啼鳥』に、声をかける。

「……この倦み疲れた時を打破する『壮挙』に、賛同して頂きたい」

ここに運び込まれてからずっと、開きっぱなしになっている鳥籠の入り口越しに。

「道具として使われるのではなく、同志として、協力を選んで頂きたい」

一度として答えず動きもしない〝徒〟に、語りかける。

「そこより、自らの意思と足で、出てきて頂きたいのです」

「……」

今も同じく、無言と無反応で返される。

少女の無礼な態度、モレクが少女に向ける真摯さを、チェルノボーグが怒鳴りつけた。

「痩せ牛、グズグズするな！」

「は、はい……では」

「あ――」

全く呆気なく、モレク最後の骨、頭骨が落ち、黄色い火の粉となって、消えた。

チェルノボーグは、心からの腹立ちを口の端に乗せた。

「――っ、鈍牛が」

もはや言葉は通じないが、彼はここにいる。程なく、自在式を起動させる。

女は、男の割り振った自分の役目を果たすため、強く目を瞑り、言う。

「主、私も参ります」

アシズには、傷ついた彼女の心が分かる。

ゆえに、こう答える。

「任せる。暴れよ」

「そうだ、お前さえ承服してくれればいい！」

メリヒムは熱っぽく、［とむらいの鐘］の宿敵を軍団に迎える皮算用を叫んだ。

「我が主は、絶対にお許しくださる……いや、むしろお喜び頂けるだろう。他の『九垓天秤』たちにも文句は言わせん」

苦笑するイルヤンカの頭上に、ゆっくりと下りて、至誠の誓いを行う。

「俺と、剣の向きを揃えてくれ」

剣尖を向けながら。

「俺が、勝ったとき」

戦いが前提の、求愛だった。

その熱さに、己が身の内にある魔神の不機嫌な感覚に、マティルダは笑う。

笑って、はっきりと答える。

「いいわよ。私は絶対に負けないから」

「――よし」

メリヒムは欲望に燃えて、マティルダを、手にすべき女を見つめる。

彼女との勝負に必要なもの以外、全て、一切が、目に入らなくなる。

その背後に立つ、もう一人の可憐な装いも、憂いの麗容も、無論。なぜ、もう一人が、最初から『万条の仕手』の戦装束を纏っていなかったのか。仮面を付けていなかったのか。

知っていても、目に入れようとしない。

彼を頭上に乗せるイルヤンカはその理由を知っているが、しかし彼は盟友のように奇矯かつ傲慢な性格ではない。無表情な『女性』への憐憫を僅かに抱きはしても、そんなことより、

(分かっているのか、今、我々の置かれている状況が——)

と思いかけた彼の額を、メリヒムが長靴のつま先で軽くカン、と叩いた。同時に、

(宰相殿が『ラビリントス』を展開中だ、その構築完了まで引き付けるぞ)

音に拠らない冷徹極まる声が、脳裏に響く。

(む——?)

ブロッケン要塞の『首塔』から、ジワリと力の脈動が伝わってくる。盟友として知る自在法の感触が、牛骨の宰相の企図を理解させる。滅多に使われない、しかし未だ何人にも破られたことのない〝大擁炉〟モレク難攻不落の自在法『ラビリントス』発動の気配だった。

(なんと)

切迫した情勢下、自分の方こそが冷静でなかったことをイルヤンカは知り、己を恥じた。メリヒムは色恋に熱くなってはいても、耽溺はしていなかったのだった。思えば当然、『炎髪灼

眼の討ち手』マティルダ・サントメールを、彼は負かそうとしているのである。

勝負以外の全てを切り捨てて、ようやく機も掴めようかという、最高に最悪な敵と戦う気構えを欠いていたのは、イルヤンカ自身というわけだった。

(老人は常に出遅れる、か)

(それも無駄口だ、行くぞ戦友)

互いに表情を全く変えぬまま、『両翼』は戦闘を開始する。

イルヤンカが巨体を風に乗せ、『天道宮』の縁に立つ二人に向かって降下する。同時に、その広げた翼から『幕瘴壁』を噴射して、自分の背後を侵入不可能な無敵の領域と化す。先の噴進弾を数十倍の大きさにしたような、恐るべき巨重の突進だった。

その突撃の穂先は、竜の額に立ち、虹の翼を背に現すメリヒムである。前方に掲げていたサーベルから、なんの前触れもなしに『虹天剣』を一撃、放つ。あまりに華麗な、破壊力そのものたる輝きが、二人の立つ場所を躊躇なく目指し、爆発した。

その爆炎の中から、紅蓮の輝きが飛んでくる。

輝きに向けて、メリヒムは唇を引き絞るように笑う。

(来い、フレイムヘイズ――!!)

鳴るはずのない馬蹄の音を響かせて、豪壮な鬣を靡かせて、悍馬が駆けてくる。

鬣も紅蓮、馬体も紅蓮、馬具も紅蓮、吐息も紅蓮、馬蹄に散る火花も、紅蓮。

跨るは、炎髪灼眼の女。

燃えるように、笑っていた。


正面から迫る［とむらいの鐘］の『両翼』。

いかなる英雄譚の絵画にも、ここまで華やかかつ勇壮な姿はあるまい、と思う。

マティルダ・サントメールは、戦うこと十八年で数十度という宿敵たちを見て、燃えた。一つ間違えれば全てが終わる交叉の中、であるからこそ感じられる命ギリギリの際で、自分の全てが研ぎ澄まされていくことに、たまらない充実を感じていた。

人間であったとき、世界の全てに奪われた、戦うという選択肢。

それを、今は存分に握り、振るうことができる。

戦える。なんという、素晴らしき今。

「――っはぃやぁっ！」

マティルダは、持てる力のほんの一部、紅蓮の炎でできた悍馬に拍車をかけ、空を駆ける。

手にした炎の大剣を一振りして矛槍に変え、脇に掻い込む。竜に立ち向かう聖ゲオルグとも見えるその姿に、しかし尊貴の風はない。

聖者とは真摯な者であり、快楽に淫しない。

彼女は戦いに喜び勇み、爆ぜるように笑う。

「ははっ！」

巨重の竜と破壊の剣士を眼前にして――彼女は穂先の届かない距離で、ぐい、と矛槍をさらに深く掻い込み力を貯めること一瞬、烈火の如き突きを繰り出した。

「つだあ！」

同時に、彼女自身が突き出したものではない、しかし彼女のそれと並ぶ槍衾が空中に出現した。穂先の群れは、彼女の疾駆に先駆けて前に伸び奔り、また密集し、巨大な一撃として『両翼』に襲う。

「ぬうっ！」

メリヒムは動じずサーベルを振り、『虹天剣』を放った。その輝きが、矢のように伸びてきた紅蓮の槍隊を苦もなく打ち砕く。が、その陣列を破り開けた空間に、目当ての姿はない。

（上か！）

自分たちの炎に彩られた霧の中、一際目立つ紅蓮の悍馬が跳ね上がっている。その馬上、マティルダが大きく矛槍を振りかぶっていた。

「イルヤンカ！」

「応さ、――バハアッ!!」

危機を感じて、イルヤンカは首を直上に振り向けつつ、『幕瘴壁』を吐き出した。

その張られた防御壁の上に、巨大化した紅蓮の矛槍が叩き込まれる。凄まじい、煙のない炎だけの爆発が起こり、灼熱が空に溢れた。

人間なら余波だけで消し飛ぶような炎の中、甲羅と鱗に身を鎧うイルヤンカは悠々と飛ぶ。

空中で固めた『幕瘴壁』沿いに回り込み、その上に滞空する女を噛み砕かんと顎を開ける。

気付いたマティルダは、紅蓮の悍馬を鐙で叩いて走らせる。手にある矛槍を先頭に、炎を引き連れて向かう。今度は直接矛槍を彼に叩き込むつもりだった。が、

「っあ⁉」

竜の額にメリヒムがいない。

と思う間に、彼女の手首に純白のリボンが絡み、馬ごと引っ張られた。

「わっ――」

半秒前まで彼女のいた場所を、真後ろからの『虹天剣』が貫いていく。

「ちいっ！」

イルヤンカの反対側から回っていたメリヒムが、空中で舌打ちした。

放り上げられた先で、マティルダは馬の体勢を整えつつ礼を言う。

「ありがと」

傍ら、中に浮いて答えたのは、表情を隠す仮面。鬣のようなリボンを無数舞わす戦装束を纏った、『万条の仕手』ヴィルヘルミナ・カルメルである。

「いつも以上に、突っ込みすぎでありますな」

「性急」

同じく彼女と契約する〝夢幻の冠帯〟ティアマトーが、やや責めるような口調で続けた。

苦笑しつつ、マティルダは『両翼』と距離を取る。

「せめて、拙速と言ってほしいな」

本当は一気に上昇して、ブロッケン要塞の中枢だろう大きな塔（彼女らは『首塔』という呼称を知らない）を目指したかったのだが、距離によって破壊力の減衰しない『虹天剣』を持つメリヒム相手に、間合いを開けすぎるのは無謀というものだった。イルヤンカが一緒だと、遠距離からの不正確な攻撃は『幕瘴壁』に阻まれて、まず当たらない。〝虹の翼〟と〝甲鉄竜〟、『両翼』と戦う場合は、付かず離れず、互いの必殺距離で鬩ぎ合うしかないのである。

「来るぞ」

アラストールが短く言った。

「はいやっ！」

二人の間に返事は不要である。マティルダは紅蓮の悍馬の腹を蹴り、横っ飛びに跳ねた。

その後を『虹天剣』が追う。一直線の虹が天に向かって自在に振り回される様は、端から眺めれば奇跡のように鮮烈華麗な光景だった。

もちろん当事者たちは、そこまで気楽に眺められるわけもない。

マティルダは悍馬の疾駆をジグザグにして、この遠慮容赦のない攻撃を必死にかわす。その傍ら、自分の右斜め後ろ、まだ絡まったままのリボン伝いに引っ張られて飛んでいる、吹流しのような姿のヴィルヘルミナを見る。先の回避同様、その挙措になんの動揺も見られないことを見て取り、ややの安堵を得、そして大きな罪悪感を抱く。

(辛いことばかり、させてきたな)

十八年前、偶然から共闘して以来、ずっと一緒だった……二人といない友。

その彼女、ヴィルヘルミナ・カルメルは、〝虹の翼〟メリヒムに惹かれていた。惹かれて、しかしマティルダとは全く別の想いと接し方で、彼を振り向かせようとしてきた。それは、先の盛装のように常に空回り、独り相撲となっていたが、彼女は諦めない。

実際に戦いの場で彼と向き合ったこともあったが、結果は同じだった。彼女の討ち手としての力と特性は、問答無用な破壊力を持つ『虹天剣』に相性が悪い。軽くあしらわれ、逃げられただけだった。会話さえ交わせてない。それでも、彼女は諦めない。

フレイムヘイズとして戦いながら、〝紅世の王〟を振り向かせる。

そんな、不可能としか思えないことを実際に行っているマティルダと行動を共にする……それが二人の共闘、最初のきっかけであり、今も続く、彼女の揺るぎない目的なのである。

(でも、それも、もうすぐ終わる)

この戦いで、彼女を少しは楽にしてあげられるだろうか。

なにもかも全てを、消し去ることで。

マティルダは思い、躊躇う。

（迷惑かな……でも、止めるわけにはいかない）

『炎髪灼眼の討ち手』が手加減という概念から最も遠い人間であることを、ヴィルヘルミナは誰よりもよく知っている。両者が今、この戦いに全てを賭け、決して退かないことも、無論。

一番辛い道を選んでいるのは、彼女自身なのである。

（いっそ、メリヒムに勝って、奴を彼女と――）

とまで――まるでメリヒムのように――皮算用してから、また思い直す。

（お節介かな……でも、私には他になにもできない）

彼女がそれを望んでいるかどうか。

望んでいたとして、幸せになれるのか。

思って、感じて、考えても、答えは出ない。

（フレイムヘイズの、幸せ……か）

マティルダ・サントメールは、『幸せ』という言葉を自分が使ったときの他人の顔を思って、ほんの少しだけ、げんなりする。

マティルダは、異常なフレイムヘイズだった。

彼女は、討ち手となった自分を、幸福だと確信していたのである。

通常、フレイムヘイズは〝紅世の徒〟への復讐を望む人間を器として生まれる。

存在の出発点がすでにマイナスであり、その行動原理も、誕生の原則から必然的に悲愴な復讐者のそれとなる。長く生きた者の中には稀に、使命感の純化によって精神を昇華させる者もいたが、さすがに幸福であるとまで飛躍する者は絶無だった。

尽きることのない戦いに生き、やがて心身を疲弊させて討たれ、また消滅するという『フレイムヘイズの死生観』を、彼女は根底から覆す異端的存在なのだった。

これまで彼女は、そんな自分を当然のように他のフレイムヘイズたちに見せてきた。が、しかし、見せられた側は誰も、彼女の在り様を理解できなかった。明朗明敏のピエトロ・モンテベルディ、肝っ玉母さんゾフィー・サバリッシュ、最古のフレイムヘイズの一人たるカムシン、物事の窮理を探るヤマベ……討ち手の中でも特に心深く力強い彼らですら、マティルダが、

（――「戦えるってのは、幸せなことじゃない」――）

と喜びを表して言うと、一様に怪訝そうな表情になり、黙ってしまうのだった。

結局、マティルダ・サントメールの全てを分かってくれたのは、広く大きなこの世にただ一人……〝天壌の劫火〟アラストールだけだった。

ヴィルヘルミナとティアマトーは、理解というより観念して、彼女のやることを受け入れてくれている。もちろん、それでも十分に嬉しい。なにしろ、討ち手や〝紅世の王〟の中には、彼女の平然とした様を非難したり、酷いときには狂人扱いする者までいたのだから。

マティルダは、それらの仕打ちに傷ついたことは一度もないが、どうも自分の考え方が圧倒的に少数派であるらしいことは理解できた。

（そんな私が、ヴィルヘルミナの幸せについて考えたところで、碌なことにはならないか）

ただでさえ彼女には、この常識知らず、どうして無茶ばかりするのでありますか、と怒られてばかりいるのである。

（結局、愛とか恋とかってのは、私とアラストールの場合みたいにどうしようもないものなんだから、成り行きに任せるしかない）

戦いに絡んでさえいなければ、この土壇場、自分にとっての詰めの場面で変に悩むこともないのだが、どういう間の悪さか、彼女の周囲でのそれは、必ず戦場で交錯する。

（アラストールは当事者の一人のくせに、こういうことでは全然頼りにならないし）

私も人のことは言えないけど、

だから私とこうなったのかな、

などと惚気る間に、『虹天剣』が駆ける馬蹄すれすれを過ぎる。

「っと!?」

（危ない危ない……いずれにせよ、なにもかも勝ってからの話）

「まだ声は届かぬか」

指輪から、そのアラストールが言った。

「ちょっと遠いかな」

マティルダは答えつつ、灼眼で周囲の状況を改めて確認する。

下から迫る『両翼』との距離を調節しながら、じわじわとブロッケン要塞の上部へと昇ってゆくつもりだったが、やはりこの二人は容易な相手ではない。

迂闊に高度を上げようとすると、『虹天剣』がその頭を押さえに来る。下手に大回りの軌道を取ると、『幕瘴壁』を要塞との間に張られてしまう。双方かわしつつ時間を浪費した結果、逆に『両翼』の方がマティルダたちとの距離を詰めつつあった。

強敵の強敵たる所以に、マティルダは顔を勇めて言う。

「さすが、今日は一段と気合が入ってるわね」

「それはこちらとて同じことだ」

打てば響くように気風のいい答えをくれる魔神に笑いかけ、さらにもう一度、自分たちの居場所を計る。『両翼』に阻まれたため、彼女らはなだらかな山頂を丸ごと覆う巨大な冠、ブロッケン要塞の、ようやく中ほどまで高度を取ったに過ぎない。

（もう噂の『ラビリントス』へと巻き込まれる圏内に入っただろうか）

音に聞こえた難攻不落。対フレイムヘイズ軍団［とむらいの鐘］が一つ所に居を構えた数百年を、その前、千年に渡る放浪を守り抜いてきた〝大擁炉〟モレクの自在法。千余万余の敵を飲み込み、閉じ込める巨大な力。

必ず仕掛けてくるはずの罠を、戦いの中で待つこと久しい。

（まだか……早く、私たちを取り込め）

とマティルダは焦れてさえいた。

その罠に『両翼』ごと飲み込まれること、罠の中から改めて要塞を攻略することが、彼女らの作戦方針だった。どう慎重に潜入しても、最終的に『ラビリントス』が発動することは分かりきっている。これを突破しない限り、アシズの元に辿り着くのが不可能であることも。ならば、出来得る限り早く発動させ、また噛み破るのが、効率的なやり方というものだった。彼女らが『天道宮』を持ち出したのは、一刻でも早く、この中に飛び込むためでもあった。

『ラビリントス』に入り込むことができれば、『両翼』が戦場に現れる心配はなくなる。彼女らと真正面から戦える唯二の存在は、止めの一撃として温存されざるを得ないからである。

こちらが要塞に取り付いた時点で、『両翼』には、眼前の自分たちと戦うという選択肢しかなくなった、とも言える。初手でこの状況に持ち込めただけでも御の字ではあったのだが……

（これからすることを思えば、今程度の運は、なければ話にならない）

なによりも、時がなかった。

遠く戦場の炎が、叫喚が、霧の向こうに見える。あそこで戦っている連中は、自分たちに全てを託して、命を張った時間稼ぎ、大軍団への囮を務めているのである。

その仲間たちが時を持たせている間に、［とむらいの鐘］の首領、〝棺の織手〟アシズを討滅する……あるいは最低限、暴挙の実現を阻止する。この地に集った討ち手たちは、彼女自身とヴィルヘルミナも含めて、ただそれだけのために戦っている。

〝徒〟らが『壮挙』と呼ぶアシズの企みは、それほどに危険なものだった。

もしこれが実現してしまったら、人間という存在に倦み疲れた〝徒〟らの間に、最悪にして絶大な指針が生まれてしまう。それだけはなんとしても食い止めねばならなかった。

少人数による行動を旨とするフレイムヘイズが未曾有の数、参戦したことに、この危機感に対する大きさは表れている。世界のバランスを憂える〝紅世の王〟だけでなく、その器となったフレイムヘイズたちも、この暴挙の意味するところに恐怖していた。

マティルダも、アラストールも、ヴィルヘルミナも、ティアマトーも、例外ではない。

恐怖は、時間を食らってどんどん大きくなる。

（まだか……『両翼』相手じゃ、時間を持たせることも――）

ふと、見上げた先、天井の抜けた塔が、マティルダの目に入った。

その内に、鮮やかな光の照り返しが見えた。

「――青」

かつて〝徒〟にこそ脅威とされた、色。

やはり、あそこが［とむらいの鐘］の中枢部、つまりは宝具『小夜啼鳥』の置かれた場所。

アラストールが鋭く言う。

「届くか!?」

「やってみる！　――っすぅ――っ!!」

馬上、マティルダは大きく背を反らして息を吸い込んだ。限界まで胸の内に溜めるや、戦場でもよく通る声で、『首塔』の内へと、腹の底から全開に叫ぶ。

「――ガヴィダからの言伝だ!!　『ドナートは俺に言った！』――」

朗々凛冽の響きは、夜を抜け、霧を抜け、目当ての人物へと届いていた。

「――ッ!?」

『首塔』の頂にあるアシズの炎が、驚愕に揺れた。

これまでなにをしようと、声の欠片、動きの端一つすら見せることのなかった『小夜啼鳥』の少女が、マティルダの言葉を聴いた途端、薄く目を開けたのである。

彼の炎の内に、得も言われぬ危機感が混ざる。

が、

そのとき、突然全ての光景が罅割れ、ずれた。

「――っう、わ!?」

驚くマティルダの手首に絡んだリボンが、強く締まる。

「確保！」
「マティルダ！」

離されまいとするヴィルヘルミナとティアマトーが、彼女にリボンを幾条も巻きつけた。

「『ラビリントス』だ！」

アラストールの声を合図としたかのように、罅割れずれた光景が崩れ落ち、混ざり合う。上下左右も分からない攪拌の中へ、またその奥へと、彼女らは飲み込まれていった。

霧を纏ったブロッケン山の頂に、異様なものが現れていた。

蹲る牛の形をした、薄黄色の明滅を見せる巨大な自在法である。

その自在法は、尖った王冠たるブロッケン要塞、直下の山肌に落着していた『天道宮』、さらには山頂の一部までも、上から覆い被さるように、腹の内へと収めてしまっていた。これぞ、空間を制御する自在法の中でも、特にずば抜けた効果範囲を誇る〝大擁炉〟モレクの自在法『ラビリントス』だった。

額にある三つ目の瞳で、遠くを眺めるベルペオルが、一息吐く。

「やれやれ、どうやら〝大擁炉〟の『ラビリントス』も、無事発動したようだね」

変わらず目を瞑るヘカテーの輿を挟んだ彼女の反対側、シュドナイがまびさしを僅かに上げて、人の業では在り得ない奇観を見やる。

「魔神の手駒め、相変わらず意表を突くのが最悪に上手いな……まさか、あの爺さんから『天道宮』を分捕ってくるとは」

その爺さん――『天道宮』本来の持ち主たる〝髄の楼閣〟ガヴィダは、彼ら三柱臣始め、[仮装舞踏会]にとって縁遠い間柄ではない。彼らの本拠地は他でもない、ガヴィダによって『天道宮』と対になる形で建造された移動要塞『星黎殿』なのである。

彼は、とある変人の絡んだ騒ぎを契機に、協力関係にあった[仮装舞踏会]と袂を分かち、自ら言うところの『隠居』の身となったはずだった。誰にも探知できない『秘匿の聖室』に包まれた『天道宮』、〝存在の力〟を消耗しない自縛の水盤『カイナ』、双方の宝具の力によって身を隠し、この世のどこかを彷徨っているはずだった。

今、その『天道宮』が『炎髪灼眼の討ち手』の手に渡っているということは、

（討滅されたか……あの爺さん）

シュドナイは思い、僅かに哀惜の念を覚えた（当然のことながら、『首塔』近くでマティルダの叫んだ言葉は、彼らには聞こえていない）。『ラビリントス』を見ながら言う。

「しかし、あれだけ大規模な空間の制御を、そう長い時間、一人で支えられるものかな。〝棺の織手〟は『小夜啼鳥』に総力を注いでいて、〝大擁炉〟の手当ては行えんのだろう？」

巨大な牛型の自在法は、城砦丸ごとの大きさを持つ『天道宮』までも、腹の内に収めてし

まっていた。敵の移動要塞を外に放置するわけにはいかないのだから、ある意味、当然の処置ではある。が、だとしても、一人で扱うにはあまりに大きすぎる力であるように思えた。

また、同型の要塞を使う側から推測すると、『秘匿の聖室』から内側に、そうそう容易く侵食や干渉ができるとも思えない。あの中に多数潜ませているだろうフレイムヘイズの別働隊（あの二人も、自分たちだけで要塞が落とせると楽観するほど馬鹿ではないだろう）が『ラビリントス』の中で一騒ぎ起こすのは時間の問題と思われた。

ベルペオルは、当然これら全ての事情を推察しているが、明確な答えは返さない。ただ、自分たちの取るべき行動の指針だけを示す。

「いずれにせよ、『ラビリントス』が発動したことで、早々に本丸を突かれ、全てが台無しになる危険性もなくなったわけだ。遠慮なく［とむらいの鐘］を追い詰められるというものよ」

そう［仮装舞踏会］実質の指揮官は言って、肩から腕に巻きついていた鎖を、宙に解き放った。これは彼女が動き出す合図でもあった。

「なんとも、人の悪いことだ」

彼女の意図、すでに知らされている作戦への感想を、シュドナイは改めて述べた。愉快半分、苦さ半分に笑いながら。

「敵対行為に走らぬのは、せめてもの情けのつもりなんだがね——オルゴン」

「お傍に」

ベルペオルに答えて、陰鬱な声が響いた。

声とともに、傍らの地面に不気味な緑青色の炎が点り、細い姿が伸び上がる。羽根飾りのついた重たげな帽子と、ダラリと垂れ下がるマント、それだけの姿。ベルペオル直属の〝紅世の王〟、紙のような軍勢『レギオン』を自在に操る〝千征令〟オルゴンである。

「これより[仮装舞踏会]は撤退を開始する。陣を引き払え。それと、殿軍を任せたい」

「は」

オルゴンは陰鬱な声に喜色を僅か滲ませて答え、手袋だけの手を出して一礼する。撤退の殿軍は最も困難な軍事行動であり、ゆえにそれを任されるのは武人の名誉だった。常より戦争屋を自認するオルゴンにとっては、最高に誇らしい命令である。

もちろんベルペオルは、そういう心の機微を重々承知して部下を使っている。別の部下を併用することで対抗心を煽り、よりよく仕えさせることも忘れない。

「ガープ」

「ははっ、軍師殿！」

先の緩やかな現れとは対照的な、火花のような浅葱色の炎が立ち上った。現れたのは、四方に子供の人形を引き連れた大兵の武装修道士である。オルゴンと同じ、ベルペオル直属の〝紅世の王〟、駆ける速さで並ぶものなき〝道司〟ガープである。

「伝令を頼むよ。戦場で頑張っている〝巌凱〟に、我らの撤退を伝えておくれ」

「委細承知！　程なく戻りましょうほどに、どうぞ構わず、迅速にお退きあれ！」

ガープは修道服の胸をバンと叩き、口数多く請け負った。ガチャガチャと腰に下げた剣が揺れて、声同様なんとも騒がしい。と、その傍ら、人形の一体が指を遠く戦場の反対側、ウルリクムミが激闘を続ける方角を差した。途端、炎は弾けるような勢いで飛び立つ。言うだけの事はある、とんでもない速度で、空を過ぎていった。

「ふん」

同輩の嫌味――『早く撤退させられるものならやってみろ』――に対し、オルゴンは僅か、ない鼻を鳴らした。鳴らしつつ、片手を差し上げ、自らの力、『レギオン』を発動させる。

ヘカテーの輿を中心に張られていた本陣の幕が落ち、その外側に満ち満ちていた紙の軍勢が顕になる。紙に描かれた、等身大の古い木版画のような兵士による軍勢である。

「輿は、いかがいたしましょう」

と、オルゴンは陰鬱な声で、心服する軍師に尋ねる。

彼女の周囲で護衛についていた紙の騎士四体も、彼の『レギオン』の一部、特に精強な『四枚の手札』である。陣を布く前まで、この四体がヘカテーの輿の運搬、および護衛という栄誉ある役目を任されていた。

ベルペオルは軽く答える。

「別の者にやらせよう。手札も殿軍に使うがいい。我が方の撤退を見れば、同胞殺しどもが有利を錯覚して追いすがって来ようからの。極力、我が方に死者を出すな」

「は」

「俺は観戦か？　折角の大命遂行も、槍持ちで終わりとは寂しい限りだが」

不満そうな顔で槍を差し上げるシュドナイにも、同じく。

「当面は我慢してもらおう。余計な警戒や詮索を受けぬよう、三柱臣の参陣はできるだけ伏せておきたいのでね。しつこく追いかけてくる者がおれば、その始末を頼むが……オルゴン」

「突出した討ち手を陣内に引き込み、後続を分断、孤立を誘います」

「結構、かかれ」

「は」

オルゴンは手袋だけの手を前に腰を屈め、その姿勢のまま宙を滑るように下がってゆく。ヘカテーの輿を囲む『四枚の手札』たちも、剣を眼前に立てて一礼し、その後に続く。周囲の『レギオン』、幽鬼のような紙の軍勢も、槍を一斉に立てて前線に向かう。

それら進軍の様から、やはり目を瞑ったまま微動だにしないヘカテー、最後にブロッケン山を抱いて蹲る『ラビリントス』へと、ベルペオルは三分の二の視線を順に移す。周囲を舞う鎖の中で小さく嗤って、呟く。

「さて、せいぜい焦って『愚拳』の起動に盲進してもらおうかね」

その凶悪な、無知を嘲う目線を向けられる相手に、シュドナイは密かに同情した。

(たしかにあのような真似は、俺たち[仮装舞踏会]にとっては『愚拳』以外のなにものでもないが……だとしても、全く気の毒なことだ)

我らが軍師〝逆理の裁者〟に睨まれた身の不運を嘆いてくれ、と気楽に念じつつ、ともらいの鐘を鳴らすように、槍で肩をゴンと叩いた。

一人、ヘカテーだけが、終始動かぬまま、輿の上にある。

「あたた……これが『ラビリントス』、か」

数秒前まで要塞の外を飛んでいたはずのマティルダは、いつの間にか薄暗い石造りの廊下に尻餅をついていた。炎髪灼眼で照らされたそこは、呼び名の通りの迷宮。

(やっぱり、『両翼』とは引き離されたか……骨宰相め、こっちが消耗するまでは、あの二人を温存しておくつもりね……どっちにとっても予定通り、か)

すぐ傍、リボンで結ばれたヴィルヘルミナがいる他は、人気もない。自在法で強化したリボンで互いを結んでいたため、同じ場所に放り出されたらしい。

(〝虹の翼〟の奴、勝負に水を差されて怒ってるだろうな)

苦笑して眺める廊下は、様々な姿を持つ〝徒〟のサイズに合わせてか、やたらと幅広く、天井も高い。燭台に点された小さな火が、かえって闇の深さと寂寥感を強調してしまっていた。

とはいえ、想像していた炎獄や酸の海などは見えず、転がる人骨や腐臭悪臭の類もない。

「見た限り、特に変わったところもないかな」

「否」

「そう見えているだけのようであります」

ティアマトーとヴィルヘルミナが続けて言う。仮面を額に上げ、鬣も縮めたその姿は、どこか芝居を一時休憩しているかのような風情もあった。

二人に言われて、アラストールが確かめる。

「む、たしかに……奥を見よ」

「……？」

マティルダが灼眼を凝らした廊下の奥、彼女らの明かりが届くギリギリの場所に、違和感があった。〝徒〟の存在や自在法の行使に対して抱く感覚にも通じるそれは今、実際に目に見える形で在る。

奥に伸びる廊下が、途中で捻じ曲がっているのである。壁に付けられた燭台の火が、ゆっくりと渦を巻いているように見える。後方も同じく逆側に捩れて、途中で角になっている。

「泥酔したパラッツォ・ドウカーレでも来たのかしら」

「にしては、少々作風が地味でありますな」

壁や天井に風景を描く画家の名で遊びつつ、二人は立ち上がる。足の裏に感じる床が、微妙に湾曲していて気持ち悪かった。

マティルダは目だけではない感覚で、周囲を探る。

「直接的な害を及ぼすんじゃなくて、内部の空間を操る自在法ってことかしら」

「そのようだ。要塞丸ごとの規模とは恐れ入る」

アラストールの賛辞に、平静な二人が声を続ける。

「内部に取り込んだ敵には不利な、味方には有利な地勢で戦わせることができるというわけでありますな。たしかに、こんな場所に『九垓天秤』とともに籠れば」

「難攻不落」

「おまけに、この気配か……」

恐らく今いる場所に限らないのだろう、『ラビリントス』の中には強力な〝紅世の王〟の気配が満ちており、常のように敵の気配を鋭敏に感知できなくなっていた。

「〝大擁炉〟自身の中にいるのだ、当然だろう」

歯ごたえのありすぎる肉を噛んだような顔をするマティルダに、アラストールが厳然たる事実認識で返した。

「戦いに向いてないって話だったけど、どうしてどうして、さすがは『九垓天秤』の一角」

言いつつ、取り回しやすい大きさの剣と盾を、紅蓮の炎で練り上げる。

「これも計画の内だ。苦戦することも、な」

「そうね。とにかく私たちは、アシズのところに辿り着きさえすればいいんだし」

「……」

「……」

数秒の沈黙があってようやく、マティルダは自分がヴィルヘルミナらの機嫌を損ねたことに気付いた。

「あっ」

しまったと思い振り向くと、『万条の仕手』はもう、仮面を下ろしてしまっていた。

マティルダはその仮面と向き合い、灼眼を僅かに伏せて言った。

「……ごめん」

「なにを、謝っているのでありますか」

「既定事項」

仮面と同じく、平静を装った不機嫌な声が答えた。

事実としてはアラストールの言うように、全ては計画の内のことだった。ここにいる四人だけではない、フレイムヘイズ兵団も含めた討ち手たちの全員は、『炎髪灼眼の討ち手』と〝天壌の劫火〟が立てた一つの計画に沿って、それぞれの戦場を進んでいる。

全て、アシズの暴挙を挫くために。

(──「時を浪費せず、一撃で勝利するには、これしか手がないのよ」──)

この計画を一番最初に打ち明けたときの彼女の顔を、マティルダは今の仮面に重ねる。

同じ顔をしている、それがはっきりと分かった。

感情を隠すのが下手なところは、最初に出会った頃から、全然変わっていない。常の無表情も、討ち手としての仮面も、であるからこそ身につけた、彼女の鎧なのである。

打ち明けられた彼女は、じっと無表情のまま数刻を耐え、ゆっくりと問い返していた。

(――「もし『九垓天秤』を手早く、『両翼』を容易く片付けられれば…… "棺の織手" に余力を持って当たることができれば……いかにかの "王" が『都喰らい』による強大な力を持っていようと、勝機は見出せるでありましょうな?」――)

彼女自身、『両翼』と幾十度、戦っている。『九垓天秤』の恐ろしさもよく知っている。アシズの強大さも、当然。全てが全て、在り得ない仮定だった。

しかし、これが、これだけが、彼女らが見出した、たった一つの希望なのだった。

彼女らは、マティルダとアラストールの立てた計画に、欠片も賛同などしていない。

彼女らは、自分の見出した万に一つ、億に一つという可能性に賭けて、ここにいる。

口だけの反対は無意味だった。

実力行使しても全く敵わない。

情にすがっても振り払われるだけだろう。

放っておけば一人で行くに決まっている。

それら分かりきった事柄の上に、ヴィルヘルミナ・カルメルとティアマトーは立っていた。

マティルダ・サントメール、『炎髪灼眼の討ち手』は、それが最良の手段だと判断すれば、躊躇などしない。例え、そのために自分の命が使い果たされようとも――

否、むしろ、その限界まで命を燃やさずにはいられない――

そうでなければ生きている意味がないと信じる――

そうしない生温い自分の命を許せない――

本当に、どうしようもない女性なのである。彼女を生かしたいのなら、共に死力を尽くして戦い、その万、億に一つの可能性を、せめて二つにするしかないのだった。

マティルダは、そんな選択をしてくれた友人らの気持ちに、黙って抱きしめることで答えていた。特にヴィルヘルミナは、友と、愛する者、双方を失ってしまうかもしれない――そんな恐怖に怯えて、それでも必死に足掻く、そう言ってくれたのである。言い訳する気も計画を断念する気もないために黙って、だから優しく抱きしめることで、答えていた。

そんな彼女らの前で、ついうっかり、投げやりに聞こえる言葉を口走ってしまった自分の迂闊さを、マティルダは悔やむ。悔やんで、グズグズはしない。彼女らが掴もうとしている可能性に、少しでも近づくために、歩き出す。

「行こうか」

「了解であります」

折り良く、と言うべきか、その一歩が、戦いの始まりとなった。廊下の前後から、ガチャガチャと金属の鳴る音、ドヨドヨと反響して混じり合う声が近づいてくる。

「……」

マティルダは紅蓮の剣と盾を構え、遂に彼女の本当の力を現す。

「……——」

一瞬瞑目して集中、己が身の内に眠る魔神から得られる力を、象徴として顕現させる。

「——戦闘開始よ、『騎士団』!!」

声を受け、広い廊下の床一面から、紅蓮の炎が湧き上がった。

渦巻き荒れ狂った紅蓮は、数秒で大雑把なにかの形を取る。

槍を持った人間、牙を剝く獣、この世には在り得ない化け物。

マティルダ・サントメールを囲み、一斉に持てる武器を頭上に掲げる、それら。

『炎髪灼眼の討ち手』を中心に、炎の唸りだけの雄叫びを朗々とあげる、それら。

主を最前列に、穂先、剣尖、牙、爪を並べ、一糸乱れぬ行進を始める、それら。

『騎士団』。

恐れず進み、怯まず征くマティルダは、その行進の中、自分の盾持つ右腕に絡んだリボンに一瞬の視線を流し、再び灼眼を前に向ける。そして声を、激励とも懇願とも取れる声だけを、自分の右後方にある友らに向けて、送る。

「離さないで」

「了解であります」

「前進」

友らが答えた。


長時間の戦闘を行えない『震威の結い手』三度目の退避、その間を部隊の再編に費やしていた〝巌凱〟ウルリクムミの元に、俊足の〝道司〟ガープが舞い降りていた。

その用向きを聞いて、

「馬鹿な!?」

驚き怒ったのは、黒森の中、片膝をついて座るウルリクムミ……の肩にある妖花である。

人形を引き連れた武装修道士、ガープは、胡散臭い笑顔で答える。

「馬鹿とはまた、ご挨拶ですな。我らが軍師殿は、城砦の本丸に乗り込まれた貴軍に、もはや利あらず、との判断を下されたのです」

「その本丸で今、宰相閣下の『ラビリントス』発動による反撃が!?」

必死に反論する妖花を傍らにするウルリクムミは、無言。その分厚い鉄板でできた体中には雷撃による窪みや焼け焦げが見え、肩には無惨な大穴まで空いていた。

その絵に描いたような敗軍の将の姿に、ガープは一礼に伏せた下で嘲笑を深める。

「用向き、確とお伝えしましたぞ。それでは、御武運をお祈り申し上げております」

人形が指を差して、ガープは飛ぶ。

そして半秒、
ガアン、

「おごあっ!?」

鈍い衝突音と悲鳴が、同時に起こった。

「なっ?」

驚く妖花のすぐ横、肩の穴をこれ見よがしに通り抜けて帰ろうとしたガープを、ウルリクムミが鉄の掌で阻んでいた。胴に描かれた双頭の鳥が、低く落ち着いた声で言う。

「世に名高き〝逆理の裁者〟殿率いる[仮装舞踏会]ではあああ、使者は人の肩を通って帰るのが作法かあああ」

「う、うぐ……!」

宙でふらついたガープは羞恥に顔を歪め、しかし言い返さず飛び去った。

「先手、大将?」

痛快さから声をかけた妖花は、しかしその描かれた鳥の顔に、彼女にだけ分かる深刻の色を見て取った。ガープの伝えた事柄は、もはや確定事項なのである。彼女の反論した『ラビリントス』発動による反撃は、裏を返せば、『両翼』始め、ブロッケン要塞からの来援が一切期待できない、ということでもあるのだった。

まさに、孤立無援。

その事実に、気遣いの視線を向けた妖花へと、しかしウルリクムミは指示で返す。

「次の総がかりではあああ、全軍一刻を全てと決めてえええ、東に陣取る『極光の射手』の軍勢をを、中央軍によって圧迫するううう」

「せっかく攻め崩した北部をこのままに？」

問われて答えつつ、ウルリクムミは巨体を起こし、立ち上がる。

「中央軍を強固に保つことでえええ、撤退する［仮装舞踏会］にいいい、敵の攻勢を逸らすのだあああ」

妖花の顔が、喜びにほころんだ。彼女の先手大将は、未だ勝利を諦めていない。その思いに応えるかのように、ウルリクムミは大音声を同胞たちに向ける。

「戦友たちよおおお！　今しばし持ちこたえよおおお！　我らが主の『壮挙』に向けえええ、時は確実に進んでいるぞおおおおお!!」

「うおおおおおお――――！」

「万歳、［とむらいの鐘］！」

「まだまだ！　まだまだ殺せるぞおお――――！」

「ウルリクムミ御大将、万歳！」

「同胞殺しどもを踏み潰せぇ！」


未だ「とむらいの鐘」の士気は高かった。彼らの目指すもの、彼らの主〝棺の織手〟アシズの目指す『壮挙』は、それほど彼らにとって意義あるものと映っているのだった。

傷つき疲れた彼らは、ブロッケン山上に蹲る巨牛の自在法に、希望を託す。

〝紅世の徒〟が築く、新世界への希望を。


砕け散ったガラスのような『秘匿の聖室』の破片は、『天道宮』の中枢部たる城砦の内部にまで飛び散っていた。『虹天剣』の威力を示すこれらを音もなく踏んで、黒く細い影が、城砦の奥へと通じる一本道を進んでいた。

黒い毛皮を纏った痩身の女性……『九垓天秤』の一角、〝闇の雫〟チェルノボーグである。

彼女がモレクに割り振られた役割は、『ラビリントス』に取り込まれた『天道宮』の制圧だった。

戦術上の常識として、乗り込んできたのがあの二人だけのわけがない。フレイムヘイズの別働隊を満載して、潜入する二人の援護、および要塞の制圧行動を始めるに決まっていた。

決まっていた、はずなのだが。

（どういうことだ）

初めて足を踏み入れたチェルノボーグにも、この城砦の単純な構造は分かった。

球体の下半分は偽りの大地たる岩塊で、中心断面が平地。その周囲には堀が水をたたえており、水際には塀が聳えていた。もちろん、こんなものは〝徒〟相手には無意味な飾りである。その内側には、やたらと凝った造形の、実戦的とは言えそうにない城郭が建てられていた。

（なんなのだ、この飾りだらけの城は……兵器庫は、武者溜まりは、罠は、どこにある？）

想像していた『移動城砦』のイメージと、目の当たりにした現物が違いすぎることに戸惑いながらも、彼女は城の奥へと音もなく進んでゆく。モレクが配した役割をおざなりにするつもりは、さらさらない。

（……？）

その彼女の前に、壁一杯を埋めるような、無駄に大きな扉が現れた。

（目視した限りでは、まだ城の最奥部には届いていないはずだが）

慎重に、自在法の発動や罠がないか調べながら、扉に手をかける。

大きさの割に音もなく、滑らかに扉は開いた。

（また、飾りか）

チェルノボーグはいい加減、呆れた。

両脇に二列ずつ円柱を並べた、巨大な五廊式の大伽藍だった。柱を結ぶアーチから伸び上がる天井一面に、踊り狂う炎を描いたフレスコ画が広がっている。より正確には、描かれているのは炎ではなく、〝徒〟とフレイムヘイズの闘争なのだが、生憎とチェルノボーグには芸術への理解も関心もない。任務の障害になるかどうか、それだけが彼女にとっての関心事項だった。

立ち並ぶ柱の間に敵の仕掛けがないか、探りながら進むが、やはり何もない。ところどころ彫像が置かれているものの、その中にフレイムヘイズが潜んでいるわけでもない。

彼女の内にようやく、拍子抜け以上の疑念が湧いてくる。

（まさか、本当にあの二人だけだったのか？）

意気込みだけで飛び込んでくるような無謀さと、あの［とむらいの鐘］の怨敵たちは、もっとも縁遠いものであるはずだった。彼女も実際、何度か戦って分かっている。彼女らが絡んでいながら、こんな状態であるということは、何らかの謀が潜んでいるに違いなかった。

（それを確かめねば）

ここに自分を送り込んだ宰相モレクの指示は、やはり的確だった。そのことに満足感を覚えながら、しかし表情行動とも冷静そのものに、チェルノボーグは『天道宮』の中を進む。

やがて彼女は、炎の大伽藍の終着点に到達した。

壁一面を占めるような、豪華な祭壇が据えてある。

妙な話だ、とまたチェルノボーグは思った。

この移動城砦を建造したのは、〝髄の楼閣〟ガヴィダという〝紅世の王〟である。彼は道楽同然に、城砦や居館、武器から道具まで、数々の宝具を作りあげた存在だった。そんな彼の技術の集大成とも呼ばれるこの宝具に、なぜ虚構概念にすがるための道具が据えてあるのか。

（そういえば痩せ牛が、この造営には人間も携わった、と言っていたな）

思いつつ、彼女はさらなる奥、必ずあるはずの侵入路を探す。

祭壇を乱暴に大きな鉤爪で引っ掻き回すこと数秒、そのスイッチはあっさり見つかった。わざわざ重石と歯車による機械仕掛けで作ってある。

（なぜ自在法を使わないのだ？）

と〝徒〟として不審に思いつつ、その構造の端、祭壇に連結されたパイプオルガンの取っ手に偽装されたレバーを押し込む。

どこかで掛け金が外れ、重石を絡めたシャフトが回り、歯車に連動してゆく。複雑な仕掛けの結果として、高くも薄かった祭壇が、横へとずれてゆく。その現れた壁面に、今までの様式からすれば粗末な、ただの穴のような入り口が現れた。

チェルノボーグが中を窺うと、装飾のほとんどない、空洞に近い空間が奥に広がっている。

（近いな）

ようやく奥の奥、本当の中枢、おそらく同胞殺しどもが罠とともに多数潜んでいるだろう場所に辿り着ける。そのことに自分の使命完遂への期待と、モレクのくれた仕事を十全に果たせる喜びが湧く。もちろん同時に、その完遂に向けて気を引き締めてもいる。

音と気配を極力殺して、その妙な空間に踏み込むと、すぐに布でぐるぐる巻きにされた何かに行き当たった。目を凝らせば、さして広くもない空間に、同様の布包みが林立している。慎重に中を窺うと、単なる石像である。他もどうやら同じ、梱包された彫像の群れらしかった。

(ガヴィダの道楽か……石を削ってなにが楽しいのだ)

などと、身も蓋もないことを思いながら、ようやくの、本当にようやくの、最後の出口に彼女は辿り着いた。

布に包まれた彫像の森の奥に、炎の明かりが見える。が、

(なんだと?)

チェルノボーグは、これまでで最も大きな疑念を抱いた。

(どういうことだ?)

奥に潜む大きな気配は、同胞殺しの〝王〟たちのものであると思っていた。しかし、

(あの炎の色は――)

大理石のような、とよく例えられた、淡い乳白色の光。

彼女の知る限り、その色は他でもない、

(――〝髄の楼閣〟ガヴィダのものだ)

わけが分からない。

彼女を含む誰もが、ガヴィダは当然、あの二人の討ち手に討滅されたものとばかり思っていた。当然である。隠居したとはいえ、仮にも〝紅世の王〟が、討ち手の命ずるまま、自分の建

造した城砦を砲弾としてぶつけるような暴挙に及ぶわけもない。その、はずなのだが。

怪訝に思う間も僅か、彼女はその光を発する入り口に到達した。

城砦の最奥たる場所は、先の伽藍と違い、どんな宗教色もない空間だった。

天井は石造りのドーム、同心円上に配された二重の柱列、中央に向かって落ち窪んでいく石段……その最深部、部屋の中央に当たる場所に、噂に聞く、〝存在の力〟を消耗せずこの世に留まることができるという自縛の水盤『カイナ』が見える。

そしてその上、光源たる大きな乳白色の炎の中に、柄の長い大金槌を肩に立てかけた六本腕の板金鎧が、詰まらなさそうに胡坐をかいて座っていた。

「おう、やっぱり手前が来たか、〝闇の雫〟」

がらっぱちな、老境にある男の声が、鎧の中からではなく、鎧自体から響いた。

「……」

チェルノボーグは、俄かには信じがたい状況に混乱した。

本当に、いた。

この板金鎧の姿をした〝紅世の王〟は、〝髄の楼閣〟ガヴィダである。

彼女の疑念を察して、

「驚いたか。ま、無理もねえ」

とガヴィダは自分から、ない口を開いた。

「俺だって一週間前にゃ、こんなことに自分が巻き込まれるたあ欠片も思ってなかったさ」

その声を受けて、チェルノボーグは、

「なにを、しているのだ」

あまりに根本的な問いを発していた。

「へっ、また難しいことを訊くもんだ。そうさな……」

ガヴィダは腕の一組を腕組みし、二本で重たげな大金槌を玩び、一本で体を後ろ手に支え、最後の一本で板金の面覆い、その顎を掻いた。

「……あいつらに言伝を頼んだ、その駄賃としてここまで運んでやった、ってとこか」

もちろん、チェルノボーグには意味が分からない。

とにかく情報を得ようと、更なる質問をぶつける。

「誰から、誰への、言伝だ」

掻いていた指をぴたりと止め、ガヴィダは表情のない面覆いを宙に向けた。

「俺の友達の純情な爺いから、俺の友達のいじけた小娘への……かな」

3　迷路

グニャグニャと蛇行し、天井といわず床といわず幾又も分かれ道を見せる迷宮の奥。長く幅の広い階段が、途中から下側へとお辞儀するように折れ曲がり、また凹凸に波打っている。

これら、自分の目を疑い、正気を侵食されそうな光景の中で、紅蓮に燃える軍勢と、それを前後から襲う怪物らによる、地獄もかくやという奇怪な激闘が繰り広げられていた。

階段が下に折れ曲がる角、紅蓮の軍勢の最前列で炎の大剣を振るっているのは、『炎髪灼眼の討ち手』マティルダ・サントメールである。灼眼を強く煌かし、炎髪を艶やかに靡かせる、その姿は、見目も行為も咆え猛る声さえ、危険な眩しさに満ちている。

「はいやっ！」

炎の大剣が、人間大の蝙蝠を脳天から股下まで、一気に切り下げる。その裂けた間から、後ろにいた人頭蛇身が牙を剝いて飛び込んでくる。

「おっと」

ドン、と開いた大口に、マティルダは剣尖を無造作に突っ込み、

「つだ！」

気合一閃、長い蛇身の尻尾まで爆破した。

溢れる紅蓮の炎を踏み越えて、さらに蠟人形のように真っ白な三つ首の女が、有翼の鼠が、顔に草花を生やした男が、獅子頭の蜘蛛が、次々と飛び掛かってくる。

「矛槍！」

鋭く叫ぶと、その両脇から紅蓮の槍衾が飛び出し、まとめてこれらを串刺しにする。

その間に一歩、マティルダは踏み出す。この繰り返しで彼女らは一歩一歩、戦いながら迷宮を進んでいた。もはや〝徒〟を幾十斬り倒したかも分からない。要塞内の守備兵として残された〝徒〟の数は、やはり相当に多いらしかった。

九十度下に折れ曲がった階段を角から見下ろせば、それが目で分かる。暗い中にまだ数十もの〝徒〟の炎、あるいは戦意にギラギラ燃える瞳が続いていた。まるで地獄への下り坂である。

（ま、似たようなもんか）

マティルダは思うと、その群れの中へと先頭切って飛び込む。群がる〝徒〟たちを引き付けてから軽く身を屈め、

「いよっ、と！」

右手の盾を大きくして、攻撃を一身に受け止める。その下から、

「突撃！」

階段の角で攻撃態勢を整えていた紅蓮の軍勢、彼女の討ち手としての力の顕現である『騎士団』へと号令する。矛槍を並べた突進が始まり、主の周囲にあった〝徒〟を一掃する。

　と、矛槍に打ち払われた大犬姿の〝徒〟が一人、大きく蝙蝠の翼を羽ばたかせて舞い上がった。眼下で押しに押す『騎士団』、それを率いる女に向けて、炎を吹きかけ——ようとした口をリボンでぐるぐる巻きにされた。顕現する場所を誤った炎が破裂し、頭が吹っ飛ぶ。

　そのリボンは、ご丁寧に残った体も、まるでミイラのようにぐるぐる巻きにして、その内で焼却処理する。一瞬膨れて解けた後には、桜色の火の粉が散るのみで、灰も残らない。

「お見事」

　鮮やかな手並みに感嘆するマティルダに、その右後方から、

「暇潰し程度でありますな」

「前進」

　言葉は素っ気無く、内心は焦りに焦って、『万条の仕手』ヴィルヘルミナ・カルメル、〝夢幻の冠帯〟ティアマトーの二人が答える。

　その彼女らの真横、階段脇の壁が突然下にずれ落ちて、巨大な扉が出現した。壁の仕掛けではない。壁の石は一インチたりと動いていない。この迷宮、『ラビリントス』を構築する〝大擁炉〟モレクが、空間を操って別の場所と連結したのである。

　また唐突に、現れた扉を砕いて、石造りの巨人が彼女らに向けて拳を振り落としてくる。

と、向かってくる拳の先、捻られた腰、踏み出した足の三箇所を、それぞれヴィルヘルミナのリボンが軽く払った。鳴ったのはせいぜいが軽い、パン、という音。

途端、それが当然の流れであるかのように、自分で勢いをつけながら、巨人は仰向けに大転倒する。多数の〝徒〟を下敷きに、階段を砕く轟音を立てて、ゴロゴロと。

戦技無双の誉れを取る『万条の仕手』、真骨頂たる光景だった。

マティルダはもう一度言う。

「お見事」

「暇潰し程度でありますな」

「前進」

ヴィルヘルミナとティアマトーも、もう一度同じ言葉で答えた。

彼女らの焦りが、マティルダにも伝わってくる。やはりモレクは、まず彼女らに雑兵を宛がい、力を消耗させてから、『両翼』にぶつける腹積もりであるらしい。

(さすが、暴れ者揃いの『九垓天秤』を束ねてきた宰相ね……処置にそつがないわ)

マティルダは心中で賞賛する。要塞守備兵の全滅まで消耗戦を続けさせられたら、そこに『両翼』をぶつけられたら、勝ち目はない。でなくとも、この足止めに最適な自在法によって、

(中に閉じ込められたまま、時間切れを狙われたら終わりだ)

慎重居士として知られるモレクなら当然、採り得る選択だった。討ち死に相次ぐ『九垓天

秤』を、これ以上危険な目に遭わせたくもないだろう。事態を動かすため決定的な戦局を求める彼女らにとって、モレクという賢者は、あるいは『両翼』以上に戦いにくい相手だった。

（早く埒を明けて、アシズのところに辿り着かないと……ゾフィーたちも、私たちを信頼してこの作戦に命を賭けているんだから）

彼女らフレイムヘイズ兵団の作戦目標は、〝棺の織手〟アシズの暴挙、狂っているとしか思えないその企図を阻止し、永遠にその実現をなからしめることである。討滅は、その結果に当然付随するものではあったが、主眼はあくまで企図実現を挫くことの方にあった。

実現の瞬間、アシズの討滅に、大局的な意味はなくなる。

『試みを実現できた』という事実が、この世の全てを変えてしまう。

その後に残るのは、アシズに続かんと〝徒〟たちが狂奔する、恐怖の時代である。

大半の〝徒〟は、欲望への歯止めを持たない。必ずや、同様の実現を目指す者が現れる。アシズの持つ卓抜した自在法の手腕、実現に必要な大量の〝存在の力〟など、実際に同じことをするための方法を知らない者たちによる無意味な乱行、その熱狂が過ぎた後に行われる模索等の段階を潜り抜ける頃には、人類社会は崩壊し、この世のバランスは、もはや調律程度では取り返しのつかないほどに乱れてしまっているだろう。

しかも、その中で〝徒〟同士の衝突が無数に起きる——絶対に。これまでの、フレイムヘイズと〝徒〟の戦いだけでは済まない、より凄惨な動乱の世界が始まる。始まってしまう。

最初の実現を、決して成就させてはならない。〝棺の織手〟アシズは、『愚かしい望みを抱き、やはり当然、失敗した〝王〟』として葬られねばならなかった。

もちろん、戦っているフレイムヘイズらにとっては、阻止の成否は勝敗どころではなく、生死にも直結している。もしアシズの企図が成就してしまったら、自身強大な〝王〟たる彼も自由になるからである。そうなれば、

（討ち手たちの士気は、持たないだろうな……十八年前の『都喰らい』の戦いと同じ、アシズ自身の出陣と、残った『九垓天秤』の総反撃で兵団は崩壊、敗北するだろう）

マティルダにとっても他人事ではない。『両翼』に加えてアシズとまで戦うとなれば、勝算など欠片もなくなる。もっとも彼女は、自分が死力を尽くすことは当然なのだから、気構えは特に変わらない、そのときはそのとき、と考えているのだが。

（敗北、ねえ）

大剣を振るいながら、想像できないその情景、メリヒムの望みを思い、

（――「俺と、剣の向きを揃えてくれ」――）

寒気を覚える。

（やだやだ、冗談じゃない）

メリヒム自身が（それほど）嫌いなわけではない。確かに討滅すべき〝紅世の王〟であり、鼻持ちならない増上慢であり、やることなすこと気障な格好付けであり、人の顔を見る度に

愛愛愛愛と暑苦しい言葉を吐き連ねてくる男だが、自分に夢中になってくれている、という事実は、それだけで素朴な好意を抱く理由になる。

（なかなかのハンサムでもあるしね）

しかし、それらの全てを措いて、なによりもマティルダ・サントメールという人間は、自分が他人に好きにされることに我慢ならない性分の持ち主なのだった。支配や強制を拒否する、以上に、そこでは生きていけない、とすら感じてしまう。独立は彼女の精神の根幹だった。

彼女がフレイムヘイズとしての生に充実を感じるのは、まさにこの根幹が、討ち手という存在に合致していたからである。命を賭けるに値する使命、討つべき強大な敵、信頼できる仲間たち……そして、戦える力。全て、彼女が一旦の最期を迎えた際に奪われたものだった。

彼女は、道程が熾烈であることを恐れたりはしなかった。

歩く道がないこと、歩く足を失うことだけを恐れていた。

全てが、人として迎えた空虚な最期への復讐でもあった。

なにより辛い、一度の挫折を味わったがために、今の彼女は屈しない。強制には反発し、のみならず戦いを挑む。愛を捧げる相手としては、全く不向きな女性だった。

彼女は、他人のための恋愛をしない。尊敬に値する志を黙々と行動で示す姿、今の自分をそのままに受け入れてくれる者を、自分から愛し、道を共にするのである。そんな彼女の眼に適った男は、放浪した数百年で結局、一人だけしかいなかった。

その事実は彼女にとって、自分を幸せだと確信できる、最後のダメ押しとなった。

一人の男というのが他でもない、彼女と契約し、ともにフレイムヘイズとしての使命を果たす〝紅世〟の魔神……〝天壌の劫火〟アラストールだったからである。

しかも、その幸せの余禄として、彼の方まで彼女を理解し、愛してくれた。これは本当に予期すらしなかった、どうしようもなく嬉しい、在り得ないほどの幸せだった。

(大丈夫)

そのアラストールは、今度の戦いでは、常にも増して言葉少なである。彼女らの目指す計画の終着点、彼自身が示した一つの終末に思いを致しているためなのは分かりきっていた。

(大丈夫よ、アラストール)

マティルダは、そんな彼を、心から愛しく思っていた。自分の生きる姿を、本当に理解してくれる男に出会える女が、この世にどれほどいるだろう――そう、自惚れることができる。

(私は、私のために許してくれた貴方のために、ちゃんとやるから)

アラストールは、マティルダを愛している。愛して、しかし彼女を失う選択肢を、己に課したる使命のために提示した。迫る危機に打開策を求めていた彼女に、絶対にそれを選ぶと分かっていて、彼女はそうでなくては生きていけない、と誰よりも深く理解していたがために。

(そう、それが――)

実際に、お互い『愛している』と口にしたことは、一度もない。マティルダは言葉で念押しするのがあまり好きではなかったたし、アラストールは元来が無口な上に大変な堅物である。

ただ、彼がたった一度、口にした言葉があった。

マティルダは、その大切な言葉を、胸に熱く抱く。

（──「心を結び合わせる」──ってことでしょう？）

ここに一緒にいられる、戦っている。

力を振り絞り、生き抜くために。

その道が、また一つ拓ける。

前に、そう、ただ前に。

「はあっ!!」

捩れた角を生やした怪鳥が、刺さった紅蓮の大剣の炎によって爆砕された。

その先の陣容が薄いのを見て取り、マティルダは咆える。

「騎乗!!」

紅蓮の『騎士団』総員が、足元から湧き上がった炎の軍馬に跨った。

マティルダも足下に現れた馬を竿立てる。大剣を矛槍に変えて、再び咆哮、

「蹴散らせぇ!!」

石段の上という地勢の不利を踏み砕くような突撃が始まった。〃徒〃たちを馬蹄に敷き、穂先にかけ、突き抜けるのではなく、丸ごと踏み潰すように、『騎士団』は驀進する。

やはり先頭にあるマティルダは、浮かぶヴィルヘルミナを凧のように右後方に引いて、どこまでも前に、どこまでも前に、疾駆する。頬をかする敵の爪に血の一滴を捧げて、笑う。

素晴らしい、なんという道。


不思議な対面が、『天道宮』最奥部で続いている。

部屋の入り口から動かない〝闇の雫〟チェルノボーグは、中央にある銀の水盤を、その上に燃える乳白色の炎の中で胡坐をかく〝髄の楼閣〟ガヴィダを、見つめる。

さっきから彼がなにを言っているのか、彼女には全く分からなかった。敵意を感じなかったため、仕掛ける間を失ってしまい、なんとも中途半端な心持である。もし相手が、本来想定していた同胞殺しの道具どもであったのならば、躊躇なく襲い掛かっていたのだが。

炎の中で、大金槌を肩にかけた六本腕の板金鎧・ガヴィダが頬杖をついた。

「分からねえか……だろうな、ああ。分からねえ方が、都合もいいってもんだがよ」

その、勝手に納得するがらっぱちな声に、チェルノボーグは状況の断片を得る。

(都合が、いい？)

やはり彼は、フレイムヘイズどもによる、なんらかの意を受けて動いているようだった。思えば当然、あの『炎髪灼眼の討ち手』や『万条の仕手』らとともにブロッケン要塞に突撃をかけてきたのである。釈明無用、十分な敵対行動といえた。

事態の大本をようやく思い出したチェルノボーグは、鋭く尋問する。

「乗っていたのは、貴様ら三人だけか」

彼女の気配に殺気の端を感じたガヴィダは、失態に慨嘆する格好として、鉄の面覆いを、ガシャン、と革張りの掌で叩いた。

「あちゃー、やっちまった……どうも俺は口が軽くていけねえな」

「……」

答えを求める沈黙に、鎧は六つある肩を全部落として溜息を吐いた。

「あー、まあ、そんなとこだ」

言いつつ、傍らで大金槌を玩び始める。その見た目にも重そうな物体を数本の腕で自在に扱う仕草には、遊びと、他の何かが籠っていた。

チェルノボーグも呼応して、声の調子を重くしてゆく。

「ここにいることの意味は、分かっているな？」

床に垂れ下がっていた大きな右腕の先、艶のない爪が、僅かに握り込まれた。

「なぜ、同胞殺しの〝王〟どもに、手を貸した」

「そろそろ、生きるのを終わりにしていい頃合と思った、ってとこだな」

腕の間を軽々と渡っていた大金槌が、ぴたりと二つの腕によって確保される。すぐにでも立ち上がり、打ちかかってゆくことのできる体勢である。言葉の不穏さから不意打ちに備えるチエルノボーグに、しかしガヴィダは力の抜けた声で続けた。

「四日ほど前、昔世話してやった綺麗どころが二人、雁首揃えて訪ねて来やがったんだ。で、おまえさんたち、［とむらいの鐘］の企みを聞かされたのさ」

「なら、なぜ我らの側につかない？」

チエルノボーグは、『壮拳』の正しさを疑わない。

そしてその姿をこそ、ガヴィダは馬鹿らしく思った。不意に、どっこいせ、と大金槌を杖にして立ち上がり、金属のつま先で、自分の立つ銀の水盤をカン、と叩いた。

「聞いてねえかい、この水盤のこと」

「……『カイナ』だろう」

〝髄の楼閣〟ガヴィダの人間好きは、〝徒〟の間では有名だった。

宝具は、主に〝存在の力〟を繰る人間によって生み出されるが、たまに〝徒〟がその過程で助力する例も見られる。ガヴィダはその中でも突出した存在で、古くから『天道宮』や『星黎殿』を始めとする数々の優れた宝具を、人間とともに生み出してきた。

彼が人間好きになった理由は単純明快だった。この種族による『物質の加工と表現様式によって生じる付加属性』、つまり芸術に惚れ込んでいたのである。彼はその真髄を極めようと、古今東西、世界を渡り歩いて、様々な成果や惨禍を得てきた。

今、彼の立っている銀の水盤『カイナ』は、そんな彼の辿り着いた一つの境地である。

この水盤に乗った〝徒〟は、いるだけなら〝存在の力〟を消費しない。人間の友らと何かを作るために、その意見をぶつけ合う永の語らいを得るために、人間を喰らう存在という邪魔な立場を捨てるために、彼が作り上げた特別な宝具なのだった。

「知ってんなら、俺が人間に害なす企みに反発するのも分かるだろう？」

そのガヴィダの決め付けに、チェルノボーグは憤激を覚えた。

「それは、違う」

が、ガヴィダはにべもない。断言で即答する。

「違わねえな。オストローデで何人『都喰らい』に巻き込んだよ？　千、万か？」

「……」

チェルノボーグは反論の材料を持っていなかった。

元より、人間の存在を軽視するのが、〝徒〟の基本的な習性である。

（――〝徒〟と人間、双方の為に成す、時代を変革する、『壮挙』――）

と謳ったアシズの気宇壮大な志に、彼女始め［とむらいの鐘］の総員は心服していた。その実行によって人間側が被る惨禍を無視し、ただ〝徒〟側における可能性の広がりのみを見ている。物理的に優越した種族が宿命として持つ、これは相手への鈍感さと言えた。

彼女ら［とむらいの鐘］に限らず、『壮挙』が〝徒〟らの広い支持を受けたのは、中世末期が、人間に対する幻滅の時代だったからである。人間が、文明の発達と文化の洗練によって〝徒〟に憧れを抱かせるようになるのは、まだ遥か遠い未来の話だった。

今、異種族たる〝徒〟らの目に映っているものは、君主と教会の権力闘争、飽かず続く国家間の諍い、固陋な因習に支配された日々等、昔となんら変わり映えのしない泥沼、追い討ちをかける諸災害に倫理の崩壊、という厄難の巷でしかない。人間らしくなりすぎ、近付きすぎた彼らは、世に凝る閉塞感や厭世気分に当てられていた。そして、それを『飛び越えられる者』＝〝紅世の徒〟として、『飛び越えられない者』＝人間を軽蔑し始めていたのだった。

ガヴィダは、傍観する隠者として、それらの意味や感情を全て理解していた。人間の愚かしさ素晴らしさ、〝徒〟の素直さ傲慢さ、全てを。だから彼は、はっきりと言う。

「どう飾り立てたところで、ありゃ〝冥奥の環〟が、自分一人のためにやってることさ」

「主を……その捨て名で呼ぶな」

「おまえたち［とむらいの鐘］は、人間を麦の穂程度にしか思ってねえ戦闘軍団だからな。そりゃあ、一方的に巻き込まれる側を無視して、景気のいい文句に酔えもするだろうさ」

僅かな抗議を無視してガヴィダは言い切り、同時に、身を包んでいた炎を消す。

部屋は闇に閉ざされたが、もちろん二人にはなんの支障もない。

その闇の奥、いつしかチェルノボーグの目が据わっている。相手の気に食わない立場を、言い分を、ゆるりと弾劾する。

「では、貴様は〝紅世の王〟でありながら、まるで同胞殺しどものように、その道具どものように、人間を守るために来たと言うわけか」

「そこまで背負った気持ちじゃねえさ。最初に言っただろ。あのお二人さんに言伝を頼んで、その駄賃としてここまで運んでやった、ってな」

チェルノボーグは、その言伝について彼が口にした言葉を思い出す。

(——「俺の友達の純情な爺いから、俺の友達のいじけた小娘への……」——)

さらに、『ラビリントス』発動の直前、『首塔』の外で『炎髪灼眼の討ち手』が叫んだ言葉を連想する。

(——「——ガヴィダからの言伝だ!!『ドナートは私に言った!』——」——)

その伝言によって、これまでなにを語りかけても反応しなかった『小夜啼鳥』の少女が目を開けた。ということは、ドナートとやらが「純情な爺い」か、と思い、そして、

(こいつらは、『小夜啼鳥』を我々の知らない方向に動かす鍵を握っている)

危険だった。宝具『小夜啼鳥』は、『壮挙』実現の要である。それを予期せぬ行為に誘う要因は、なんであれ排除せねばならない。

チエルノボーグは闇の中、右の巨腕の爪を開いて、部屋の内に一歩、音もなく進み出る。

「貴様を生かしておいては、まずいようだ」

ガヴィダも、大金槌を軽々と、六本の腕で器用に、クルクルと振り回し始めた。

「やっぱりそうか。ああ、そうだろうな」


青い炎は、揺ぎなく鮮やかに、『首塔』の頂、『九垓天秤』の間を照らし続けている。『ラビリントス』に包まれても、この部屋は風景を変えていない。

時折、一人天秤の上に残された〝凶界卵〟ジャリが、

「あなたの素晴らしい力」「寛容、大いなる知恵が」「あなたの内を満たしている」

などとわけの分からない言葉の断片を喚く以外、あたりは静寂に満ちている。

アシズは無言で、自らの化身たる青い炎を、上に浮かぶ鳥籠に注いでいる。

自らを閉じ込める籠と合わせて『小夜啼鳥』と呼ばれる少女は、力なく座ったまま。その俯けた虚ろな顔の端まで、アシズによる支配の証たる紋様が這い上がっていた。

もうほんの僅かで、彼女に課せられた作業……とある自在式の起動が、始まる。

しかし彼女は常のように、自分を使う者の意志など無視する。

どうせこの鳥籠の力で自分を好きに使うのだから、放っておいても、なにもかも勝手に進ん

でいく……そんな、数十年来の無気力と諦観の泥中に沈んでいた。

ただ、
その泥の中で、数十年ぶりに聞いた二つの名前が、彼女の瞼を開けさせていた。

まるで、光を探すように。

（……ガヴィダ……？）

この世に渡り来たばかりの自分に、いろんな常識を教えてくれた世話焼きな〝紅世の王〟のことを、思う。宝具に新しい力を付け加えてあげたときの、怒ったり驚いたり悔しがったりする鉄の面覆いを、思う。自分の危険さを親身になって警告してくれた彼のことを、思う。遊ぶのに夢中で、彼の元を飛び出した日のことを、思う。

（……ドナート……？）

自分が自由自在に飛びまわることのできた最後の時期、ロンバルディアの片田舎で出会った一人の、芸術家を目指していた青年を、思う。自分のことを魔法使いだと信じ、更生させようと必死に神の教えを説いていた青年を、思う。そのくせ、自分の自在法を見る度に目を輝かせ『素晴らしい』と感激していた青年を、思う。ずっと、馬鹿なことで笑い合い、馬鹿なことで喧嘩していける、と信じていた青年を、思う。

（……ドナートからの、言伝……？）

自分の自在法が、人を喰らうことで起こされていたと知って、本気で怒り、心から泣いた青年のことを、思う。人を喰らうという行為、なんの疑いも持たず、それが当然と思っていた行為を、彼の全てで否定された日のことを、思う。そんな彼が怖くて、彼をそこまで怒らせ悲しませた自分が怖くて、全てから逃げ出した日のことを、思う。一つの、大したことではない、しかしとても嬉しい約束が、永遠に果たされることがなくなった日のことを、思う。

(……ドナート、あれからどれくらい、経った……?)

あの後すぐ、茫然自失の自分を一人の〝紅世の王〟と協力者らが捕らえ、この鳥籠に閉じ込めた日のことを、思う。そこから日時を数えるのを止めてしまった自分の怠惰を、思う。

(……ドナートから、私に……?)

彼が、自分になにを伝えようとしたのか、知りたかった。

しかし、怖くもあった。もし、それが否定の言葉だったら。

どうして今になって、しかも他の〝紅世の王〟などの言伝で。

自分の知らない彼からの言葉を聞きたくて、聞きたくなかった。

(……ドナート……)

彼女は、しかし、やはり、動かない。

その顔の端から、紋様が這い上がる。

ブロッケン山を抱えて蹲る巨牛『ラビリントス』に化身した〝大擁炉〟モレクは、遠く戦場で奮闘する同志たちを見つめている。常は戦場に出ない彼だが、戦いには素人ではない。

（ソカル殿やニヌルタ殿には、よく『机上の空論だ』と笑われましたね……）

粘り強く説得すれば、最後にはいつも自分の意見を受け入れてくれた（従った、という考え方を彼はしない）二人、今はない戦友たちのことを偲ぶ。

彼は、その手の会議における周囲の同意を、自分の至誠が通じたためと思っている。実際は彼の主張する、その『机上の空論』が、結局のところ一番正しいからなのだが、当人は気付いていない。落ち着きがなく臆病、という見せ掛けではない彼の一面は、常時危機に配慮し慎重、という別の一面の裏側でもあるのだった。

（ウルリクムミ殿は、中央軍を前進させることで敵勢の連携を崩すおつもりですね……［仮装舞踏会］の後衛に喰らいついた連中を、そのまま追撃の方面に押し出すとは、さすがです）

今も、自覚と貫禄のない賢者は、山の上から戦場を見渡して、同志の身の安全を願う。

（主が『壮挙』を実現させるまで、なんとか持ちこたえてください）

宰相モレクは、ガヴィダの言ったようなこと、全てを承知している。承知して、しかし良心の呵責は欠片も感じていなかった。心優しくも頭脳明晰な彼は、人間のことを『自分たちと同じ精神を持っているが、決定的に弱い種族』と規定していた。彼の優しさは同胞のみに向けられるものであって、ガヴィダ言うところの『麦の穂』は適用外なのだった。

そんな彼だからこそ、［とむらいの鐘］の宰相が務まったのであり、また『壮挙』についても、『同胞にとって意義ある行い』と惑うことなく捉え、遂行に尽力していた。

（我が一つの明確な指針を築き、同朋たちに示す）

彼は、延々湧いて出る『毒を持った突然変異の麦の穂』フレイムヘイズらとの戦いを根幹から断つには、戦いを意味なからしめること、つまり『壮挙』の意義を推し立てて、この世に全く新しい秩序を作り出すことだ、と考えていた。

（『壮挙』の成果を実際に見れば、〝紅世〟にある同朋たちも、新たな可能性の大きさに気づくでしょう……そのとき、［とむらいの鐘］は新世界を再編する一つの機関となる）

実は、強気と大義名分の影に不分明な気持ちを隠していたチェルノボーグではなく、臆病ながら明確に〝徒〟としての立場を堅持する彼だったなら、ガヴィダの人間寄りな主張を容易く論破できていたのである。彼は計画の実施者として、本当に本気なのだった。

（できれば生き残って、その一助をさせてもらいたいものですが、相手が相手です……そう簡単にはいかないでしょう……もしもの事があっても、私程度なら探せば幾らでもいるでしょうし）

これは卑下や謙遜ではない。思想や頭脳において指針を示す者なら、自分がいなくてもアシズがいる、と心底から思っているのである。

（しかし、これからさらに続く、新秩序に向かう戦いのために、強者は絶対に必要……）

ゆえに、彼は『両翼』を己が内に隔離し、今消耗させている二人のフレイムヘイズへの手出しをさせないよう、温存しているのだった。疲弊した彼女らを倒し、あの最悪の敵を味方に付けられれば(あるいはメリヒム個人の持ち物として幽閉でもできるのなら)、もはや[とむらいの鐘]の、フレイムヘイズに対する有利は動かない。

(そのために、もう少しだけ我慢してください)

意中の女性と引き離され、また自身が閉じ込められたと知ったメリヒムは、『虹天剣』を一撃放って『ラビリントス』をぶち抜いていた。さすがに二度目は放たず、イルヤンカとともに大人しく待機している。彼は癇癪持ちではあったが、聡明でもある。この作戦の意味こそが、主の『壮挙』実現への最短距離であると理解しているのだろう。

(『ラビリントス』が、内部を気配や存在以上に細かく捉えられない自在法で良かった)

とモレクは苦笑混じりに安堵する。もし中を見たり聞いたりできていたら、あの〝虹の翼〟が自分を恐ろしい形相で睨み付けてくる様を観察せねばならないところである。

彼の『ラビリントス』は、物質を強化する自在法ではないから、破壊エネルギーには特別な抵抗力を持っていない。ただ、一旦破壊されても、それを再び『ラビリントスという形』に構成し直すため、損傷に意味はなくなるのだった。必要とあらばブロッケンの峰を幾らでも取り込んで迷宮は無限に再建できるのである……彼の力の続く限りは。だから、メリヒムが暴れなかったのは、双方の消耗を抑えるという意味で、ありがたいことだった。

（しかし、彼女は一体なにをやっているのでしょう？）

その、最も警戒していた『ラビリントス』の破壊という手段を、最も警戒していた敵が、一向に敢行する気配のないことを、モレクは奇妙に思っていた。

『炎髪灼眼の討ち手』マティルダ・サントメール。モレクが知る限りでは、智勇力量、技巧特性ともに最強のフレイムヘイズである。さすがは〝紅世〟真正の魔神〝天壌の劫火〟アラストールが選んだだけのことはある、まさに全てを焼き払う炎のような女戦士だった。

彼ら『九垓天秤』の一角に最初の穴を空け、無敵と謳われたメリヒムに伍し、五日前にはその災厄の王の偉大な力、〝燐子〟の軍勢『空軍』までも覆滅した（あれさえ残っていれば、とモレクは何度、大戦の作戦立案段階において悔やんだかしれない）、［とむらいの鐘］の怨敵。

その彼女が、一向に『ラビリントス』の破壊に動かない。

徒に迷宮の中を走り回っては、モレクの差し向ける要塞守備兵の〝徒〟らをひたすら蹴散らすのみである。まるで隣を走る時間と競争でもしているかのような妄動ぶりだった。状況は切迫しているし、思索より行動を好む質であることも知っているが、だとしても、

（彼女は、ここまで愚かではない）

これは、苦汁を舐め、また舐めさせた長年の敵同士だからこそ、感じられる奇妙さだった。

彼は、内に取り込む二人による破壊と己の『ラビリントス』再構成による一大消耗戦がある

と予想していたのである。特にマティルダの力は莫大と言っていい。中に閉じ込めての時間稼ぎがやっと、いずれ自分が先に力尽き斃れるだろう、後事を『両翼』に託そう、と考えていた。だからこそ、あれほどに悲壮な覚悟で主に別れを告げたのである。

（おかげで、いつもよりきつくチェルノボーグ殿に怒られてしまいました……彼女はどういうわけか、私の自在法を本当に難攻不落と思っている節がありますから）

実際は、難攻不落ではないが、破壊するのは一苦労。手勢を抱え込んでいれば、並のフレイムヘイズなら百人だろうと悠々持ちこたえる。そういう自在法である。

彼の目算では、今から『炎髪灼眼の討ち手』が破壊を行うとしても、相当な時を要するはずだった。ともに在る『万条の仕手』も破壊が得意ではない、格闘における技巧で戦う討ち手である。彼の再構成を妨害できる自在師でもなかった。現状は、甚だ彼に有利である。

（そのチェルノボーグ殿も、上手くやってくれているようですね）

ブロッケン要塞とともに『ラビリントス』に取り込んだ『天道宮』は、さすが名高き〝髄の楼閣〟ガヴィダの宝具。再構成や干渉はできず、また『秘匿の聖室』に阻まれて、内部の気配や存在を窺うこともできない。

しかし、当然満載されていたはずのフレイムヘイズの別働隊は、一人として要塞内部に漏れ出てはこなかった。『ラビリントス』構築と同時にチェルノボーグを送り込んだ手当ては、まず成功と見て良いように思われた。

（非常時とはいえ、暗殺が本務の彼女にこんなことをさせてしまいましたが……埋め合わせはいずれ、何らかの形で差し上げるとしましょう……たしか、色のある花が好きでしたか）

これからも、できるだけ今の状態を維持して時を稼ぎ、彼女らの消耗も極まった時点で『ラビリントス』を解除する。そこを『両翼』に攻撃してもらい、宿敵たる二人を片付ける。次にチエルノボーグが戦っている『天道宮』を制圧する。主に危害の及ぶ可能性を排除し次第、総軍を挙げて裾野に進撃し、一人苦労をかけていたウルリクムミ率いる同志たちを助け、討ち手の兵団を蹴散らす。主の『壮挙』実現は、その中で悠々と……

（……私たちは、勝つ）

時間は、どんどん早足に過ぎてゆく。

最強の敵は迷宮を、ただ走り回っている。

取り込んだ『天道宮』からも敵は出てこない。

戦場ではウルリクムミが敵軍を一手に支えている。

切り札たる『両翼』は未だ万全の状態で温存してある。

時間は、どんどん、早足に、過ぎてゆく。

（勝つ、勝てる、勝てますよ、我が主）

モレクは、自分の中でなにが起こっているのか、知らない。

僅かに乳白色の舞い散る暗闇に、恐ろしく重い打撃音と擦過音が鳴り響く。

「いよいしょおっ、と！」

ガヴィダは、自分の建造した宮殿の床を傷つけないよう、振り下ろした大金槌を絶妙のコントロールで別の手に受け渡し、円運動で上へと持ち上げた。さらに頭上、別の二本の腕が受け取って、頭上でグルグルと振り回す。

「ふう──、さあて、次は当たるか、な？」

鉄の面覆いで軽く周囲を見回し、闇の何処かに潜むチェルノボーグを探す。もちろん、相手は暗殺を主任務とする『九垓天秤』の隠し刀である。容易にその気配を取れるわけもない。さっきの大金槌と爪（だろう、ガヴィダには見えなかった）の衝突も、全くのまぐれだった。

その証拠に、彼の板金鎧の体には、もう何箇所も穴が開き、ひしゃげている。舞い散る乳白色の光は、彼の体から剝がれ落ちる存在の欠片だった。

「──こっちか！」

不意にガヴィダは叫び、大金槌に与えた遠心力を、気配を感じた方に振り向ける。

部屋の中心に据えられた『カイナ』まで降りる円形の段を囲む二重の柱列、その間から、

（ドンピシャだ！）

獣の耳を生やした漆黒の痩身が躍り出ていた──が、

「ぬおっ⁉」

　ドガン、
　と彼はそれと全くの逆方向、背後から、来るはずのない巨腕の一撃を受けていた。背部の板金がゴツい爪の形にへこみ、最初視認した方向に飛ばされる。

「ッ」

　鋭く短く息を吸い込むチェルノボーグは、左の拳撃を叩き込む体勢である。その、本来あるべき右腕の先端は、

（伸びてるのか⁉）

　まるで引っ張りすぎた服のように、ひょろりとどこかに続いている。もちろん、その先は自分の背中側だろう――とガヴィダが考える間に、鈍器のような右腕とは対照的な、杭の如き左の手刀が突き込まれる。

　シャガッ、
　と抵抗も僅かな刺突で、ガヴィダの腕が一本飛んだ。それは床に落ちる前に、乳白色の火の粉となって散る。

「ちいっ！」

　鎧姿の〝王〟は存在の喪失による激痛を押して、大金槌を取り落とさないよう飛びついた。と、その腕の一本を、チェルノボーグの太い右腕にガッチリと掴まれている。恐ろしい勢いで

引っ張られ、柱の一つに叩きつけられた。

「つが、はっ！」

装飾として立てられた柱を砕いて、ガヴィダはその向こう、壁面に激突する。

（く！　そったれ……一番、配置を悩んで立てた、柱に……）

跳ね返る眼前、野獣のような跳躍で、黒衣の女が舞っていた。その体勢は、飛び蹴り。

ガギュ、と胸部の板金が穴の空く寸前までひしゃげる、嫌な音が響いた。

ガヴィダは壁に縫い止められるように一瞬だけ立ち、

「う、ごぁ……」

そして、呻きとともに斃れた。乳白色の火の粉が、命の散るようにハラハラと舞う。

「少しは、年寄り、を、いたわら、ねぇかい」

床に倒れ伏したガヴィダが、切れ切れに言った。

元々彼は、戦いが得意でも好きでもない。長く実戦から遠ざかってもいた。『九垓天秤』きっての近接格闘者相手の戦いは分が悪い、以上に自殺行為ですらあった。かつて敵を無数、叩き壊した大金槌『キングブリトン』も、先の衝突以外は空しく空を切るばかりである。

その息を継ぐにもガチャガチャとうるさい板金鎧の前に、黒い足が音もなく立つ。

「私は、おまえのような変節漢が嫌いだ」

戦いの最中は全く口を利かなかったチェルノボーグが、忌々しげに声を吐いた。

自分の無様を笑いつつ、ガヴィダはひしゃげた胸を上下させて答える。

「へっ、堅物、真面目が、好きってか……」

「……」

なぜかチェルノボーグは黙った。

怪訝に思い、顔を上げようとしたガヴィダの頭を、

「つがあっ!?」

上から黒い右の巨腕が、思い切り叩いた。兜がひしゃげる寸前の打撃に眩暈を覚える彼に、
腕をそのままにしたチェルノボーグが言う。

「同胞でありながら……この世に顕現し、さんざん人間を喰らっておきながら……今さらのように人間に義理立てして命を捨てる愚か者め」

「く、く……」

巨腕の下敷きになったままで、ガヴィダが笑った。

その声の中に、チェルノボーグは嘲りの匂いを嗅ぎ付けた。腹立ちとともに訊く。

「なにが、おかしい」

「手前の、言ってることは、無茶苦茶だ……主と、そっくりだな」

「なんだと」

反撃の機を狙っての挑発か、と一瞬警戒するが、その気配はない。大金槌もすでに遠く転がり、今や〝髄の楼閣〟は、虫のように掌の下敷きとなっているのみである。

「変節漢、てな……手前の、主の、ことじゃねえのか？」

「!!」

「味方から敵、敵から味方、どっちも同じ、変節漢、だろ？　なんで〝冥奥の環〟は——」

ギギ、と彼を押さえ込んだ掌が、力を強める。

「我が主を、その名で呼ぶなと言ったはずだ」

チェルノボーグは、声を平静に保つ。保つ、と分かる声だった。

ガヴィダはもはや嘲りを隠さずに、しかし言い直す。

「手前らの主は、なぜ討ち手としての使命を、放棄して、この世に〝王〟として顕現した？」

彼女ら［とむらいの鐘］の首領・アシズには、もう一つの名があった。

〝紅世の王〟としての、真名が。

「なぜ、まだフレイムヘイズとしての称号を、名乗っている？」

アシズが今、冠している呼称は、真名ではなかった。

〝棺の織手〟……それは、彼がフレイムヘイズであった時に、得た称号だった。

「……」

掌が鎧の体を掴み上げ、握り締めるが、彼は弾劾を止めない。

「ぐ……狂って、いるのさ……人に魅入られ、人を憎み、なお愛す……哀れな、魔王」

「黙、れ」

ギギギギ、と板金が軋む。

「は、はあ……生憎と、俺はおしゃべり、でな……よくドナートにもっ!?」

ガキュ、と甲高い音がして、締め上げられていた腕が一本、折れ曲がった。

それでもさらに、ガヴィダは眼前の不快げな白い顔に向かって言う。

「——は、ははは、あいつは、無茶苦茶な旗を掲げて、皆引っ張っていくぜ……手前ら「とむらいの鐘」を、人間の信じるあの世まで、な」

「黙れと言っている！」

チェルノボーグは話を打ち切るために、ガヴィダを放り投げた。

壊れた人形のように、ひしゃげた〝王〟は部屋の中央、石段の底まで転げ落ちる。

もう立ち上がれない彼に、黒衣白面の女は勝ち誇って言う。

「あの世へ行くのは、貴様らの方だ」

彼女の宰相が遂行しつつある作戦は、完璧なのである。それを誇らずには、この妄言の徒に勝ち誇らずには、いられない。段の高みから、底で壊れて転がる甲冑に叫ぶ。これが勝利というもの、これが彼女の軍団が得る姿だった。

「痩せ牛の『ラビリントス』は難攻不落、疲弊した炎髪灼眼どもを『両翼』が片付け、同胞殺しどもの軍勢も蹴散らす、我が主が『壮挙』を成就する、それで全てが終わる——我ら［とむらいの鐘］の勝利だ!!」

しかし、返ってきたのは、期待していた悲嘆の呻きではなく、変わらぬ嘲り。

「くっ……くは、ははは、はは」

「……」

もう何を言っても無駄、と判断し、チェルノボーグは段の下に飛び降りた。ひしゃげて転がる鎧の傍らに立ち、右の巨腕をとどめとして振りかぶる。

と、その下で小さく、ガヴィダが呟いていた。

「……勝てる、もの、か……」

もう十度からは数えていない騎兵突撃の中、ヴィルヘルミナが仮面越しに言った。

「再発見、これで百条目であります」

「どこ?」

紅蓮の悍馬の鞍上、矛槍を縦横に振るいつつ尋ねたマティルダには、ティアマトーが明瞭簡潔に答える。

「右前方」

華麗な炎髪灼眼の女戦士を先頭に切り込む『騎士団』の行く手に、傾斜し蛇行する道が見える。その三股上下に分かれる突き当たりの右端から、百条目が確かに伸びていた。

純白の細い糸——ヴィルヘルミナが鬣から四方八方へと密かに伸ばしていた、罠。

戦闘の中においても、灼眼は過たず標的を射止めた。

「あれか……何番目に伸ばした奴？」

「五十五」

ティアマトーの即答を補足するように、ヴルヘルミナは分析する。

「見えているのはあの糸だけありますが、感覚的にはもう二本、ここになくてはならないはずであります。やはり、内部の空間は相当に弄られているようでありますな」

彼女らは、マティルダと迷宮を駆ける間に伸ばした糸で、『ラビリントス』の広がりを立体的に把握していたのだった。何より貴重な時間を使って。

「ともあれ、伸ばした糸に行き合うのも、これで百条目。準備はもはや万端であります」

「敢行」

待ち焦がれていた区切りの数の到来を受け、『万条の仕手』は焦りのまま、拙速ともいえる素早さで、見える〝徒〟の全てにリボンを巻きつけ、空中に巻き上げた。

「と、とつ——弓！」

マティルダが慌てて『騎士団』に号令、宙にある〝徒〟を文字通りの火矢で無数貫く。その矢は半拍置いて爆発し、渦巻いた炎の去った後に、静寂が戻る。

「び、びっくりした……どうしたの、らしくな――」

騎乗していたバランスを、いきなり右腕に絡めていたリボンで崩された。

「――っわ⁉」

一回転、着地させられると、仮面のヴィルヘルミナが真ん前に立っている。

「次の軍勢が宛がわれる前に、始めるのであります」

「迅速行動」

時間ではなく、彼女の消耗を抑えるための催促である。

そんな彼女らの、率直でぶっきら棒な優しさに、マティルダは思わず抱擁で応えたくなった。

無論、取った行動は違う。

「反撃開始ね……全周防御!!」

再びの号令で『騎士団』は下馬、外側に矛槍を向けて、彼女らを円形に取り囲んだ。これは当然、『ラビリントス』の空間組み換えによる不意打ちへの防御陣、邪魔をされないための安全地帯というだけのものだったが、

（……）

ヴィルヘルミナには、薄暗い迷宮の中、彼女らを照らして傅く紅蓮の『騎士団』の輪が、特別な儀式の場であるように見えた。間に隔てるもののない、より近く感じられる姿、己が

手でそれを届けようと、仮面を上げ、鬣を縮める。そして、

（……どうか）

一つの思いを込めて、一つのものを、『万条の仕手』は胸の前で織り上げた。

「わぁ――」

思わずマティルダは、賛嘆の声を上げる。

ヴィルヘルミナの両掌の上に現れたのは、純白の可憐な花冠。

繊細可憐な造花からは、織り込まれた蔓の流れるように、同じく純白の糸が多数、伸びていた。それはどこまでも長く柔らかで、透き通ったケープのようにも見える。とても二人の切り札、モレクを撃破するため用意した取って置きの仕掛けとは思えなかった。

「ちょっと演出過剰じゃない？」

照れくさそうに笑って、これを軽く取ろうとしたマティルダの手を、ヴィルヘルミナの掌が断固たる硬さで遮った。

「？」

急いでいるのは彼女なのに、と怪訝な顔を上げたマティルダは、驚いた。

そこに、仮面を外した顔があった。

「一つだけ、これからすることを、誓ってほしいのであります」

「宣誓儀礼」

彼女のことを考えて、今から起きることを考えて、マティルダはおずおずと、尋ねる。

「……メリヒムの、こと？」

ずっと自分と一緒にいてくれた理由の半分だろう――そう、自惚れから『自分の量』を多めに見積もってみる――彼女の想いのために、なんとかしてあげたいとは思っていた。が、あの最強の敵手と、殺さないよう手加減して戦うのは自殺行為であ
仮面が突進してきた。

ドゴッ、

「んぎゃっ!?」

と本気の、額に上げていた仮面による頭突きが、鈍い音を立てた。

「ちょっ！　い、今の、かなり痛……」

打たれた頭を押さえてよろけるマティルダは、抗議を中途で切る。切らされる。

ボロボロと涙を零して、もう一つの仮面を外したヴィルヘルミナが、泣いていた。

「少しは……少しは、自分がどう思われているか……どこまで思われているか……考えて」

「……」

マティルダは絶句する中、自分の酷い思い違いに気付いた。自惚れではなかったのである。

自分は、彼女が一緒にいてくれた理由の、確かな半分。だからこそ彼女は、もう半分との間に挟まれ、揺れて、苦悩しているのである。この無二の友に対する侮辱を、心底から恥じる。

「……ごめん」

「無神経」

ティアマトーも、短く非難する。

「ごめん……」

「おまえが悪い」

アラストールまで。

「……」

圧倒的に不利な状況を、マティルダは弁解ではなく、やはり常のように、行動で破る。

黒いマントを大きく鋭く両手で広げるや、その浮き上がる内で優雅に片膝を着く。やや前屈みに、頭を差し出すような姿勢。

「誓いを」

女戦士からの、貴婦人への求め。

ヴィルヘルミナは一度上を向いて、どちらの仮面も被り直さず、できるだけ心を強く……二人といない友に、これから一緒に戦う友に、別れの際にある友に、それでも言う。

「どうか、生きて」

彼女は、諦めない。

これからの戦い、その後の儀式の中で、希望を掴むことを。

ヴィルヘルミナは、その可能性を、神にすがらず、友に求めた。

(そして、やはり言うのでありましょう、貴女は)

「誓います」

(でも、お生憎さま、と)

「でも、お生憎さま」

誓う姿の顔を上げ、紅蓮に煌く灼眼を、貴婦人に向ける女戦士。

「とっくに、全力で、私は生きてる」

(——ああ——)

ヴィルヘルミナは、もう自分がどんな種類の涙を零しているのか、全く分からなかった。

滲んで、目に痛いほど踊る紅蓮の煌き、その頂に、花冠を載せた。

反撃が、始まる。

冠から長く柔らかく伸びる純白の細糸、
二人で駆け回る間に張り巡らしておいた、力の誘導路に、
爆発的な、まさに爆発的な、『炎髪灼眼の討ち手』の全力が奔る。

宰相〝大擁炉〟モレクは、彼自身の化身である『ラビリントス』の内部全域へと、莫大な量

の、破壊を込めた力が瞬時に広がり、また奔り巡ったことに驚愕した。

　血管に毒が回るのを自覚するように、悪寒と怖気、破滅への予感が過ぎる。

（これは）

　今まで感じていた『騎士団』の力が、散っていく。騎士の一人分ほど、それでも並のフレイムヘイズを優に上回る力の塊が、感じる間に焦る間に、全身へと飛び散ってゆく。

　その現象の意図、狙いを感じて、予感は確信に変わる。

（まさか）

　一部を破壊されても、その箇所に力を集中することで修復できる『ラビリントス』を、全域一挙に破壊しようとしている。信じられない、巨大な力と技量による攻撃。であるからこその宿敵、マティルダ・サントメール——その恐るべき力への対処に与えられた時間は、一瞬。

（しまった）

　やはり彼女らは、無為に走り回っていたわけではなかったのである。なにか、こうするための特別な仕掛けを張り巡らせていたに違いなかった。内部を漠然としか捉えることができなかったせいもあるが、強敵ゆえに、警戒を当人たちのみに集中させすぎた——全くの不覚。

（解くか）

　否。今、『ラビリントス』を解くことはできなかった。咄嗟のことで、取り込んだ者らの位置を調整できない。もしあの二人が『両翼』より主の近くに出たら、世界の新秩序構築という［とむらいの鐘］の大目標、その全てが終わってしまう。せめて彼女に力を使わさねば。

（主、おさらばです）

しかしある意味、分かりきった結果ではあった。

自分は、最初に想定したとおりの、自分の使命を果たした。『壮拳』実現までの時間を稼げなかったのは不徳の致す限りだが……後事は『両翼』に、主に託す。

（あなたも、どうか生き残ってください、チエル——）

脳裏に一人の、黒衣白面の女性が過ぎった瞬間、
ブロッケン山上に蹲っていた巨牛の姿をした自在法『ラビリントス』が、内部各所に散っていた紅蓮の騎士らによる同時一斉の大爆発によって、粉々に砕け散った。


あまりに大きな揺れを受け、さすがのチェルノボーグも体勢を僅かに崩した。

（な、なんだ、なにが起きた）

「く、はは！　やりゃあがった……ははっ、はははははは！」

その足元に転がるひしゃげた鎧、ガヴィダが狂ったように笑った。

（地震……いや、この『ラビリントス』の中にそんなものが……『ラビ、リント、ス』？）

なぜガヴィダが笑うのか――その意味に心底からの寒気を覚えたチェルノボーグは、もはや虫の息という〝紅世の王〟を、右の巨腕で乱暴に摑み上げた。

「貴様ぁ！　なにを知っている！　なにが起きた!?」

答えは、あまりに簡単である。

「お察しの、とおりさ」

「嘘だ」

断言の即答に、ガヴィダはもう一度、誤伝達のないよう、言う。

「『ラビリントス』が、吹っ飛んだんだよ」

「嘘だ」

双方、勝敗の表情が逆転していた。

「なんで、ここには俺しか、いなかった？　なんで、別働隊が乗り込んで、ない？　この『ラビリントス』の破壊に……巻き込みたく、なかったからさ」

「嘘だ。瘦せ牛の『ラビリントス』は、難攻不落なんだ」

また、無表情に断言した。しかし、ガヴィダを摑む右の巨腕は、細かく震えている。

「外に出てみりゃ……嫌でも、分かるさ。〝大擁炉〟モレクは、炎髪灼眼に、討滅された」

「嘘、だ!!」

瞬間、眉根が寄り、摑んだ手の内に枯草色の爆発が起きた。

「――ッ!!」

全く他愛無く、ガヴィダは粉々になった。兜が壁に当たって床に落ち、カラカラと回る。

それが静止する前に、チェルノボーグは部屋から駆け去っていた。

死に損ないの戯言を事実で打ち払うために。[とむらいの鐘]が誇る宰相〝大擁炉〟モレクの『ラビリントス』は、古来より敵を捕らえて砕き、外からの攻撃に小揺るぎもしなかった、難攻不落の自在法なのである。何百年前か、たった一度だけ、彼が自ら誇った言葉を吐いた。

(――「はは、難攻不落、と言っても良いかもしれませんね」――)

そう、彼が誇るくらいだから、事実なのだ、絶対に。

チェルノボーグはひたすらに、彼の大きな姿を求めて、走る。

「いるんだろう、痩せ牛」

彫像の倉庫を、

「心配なんか、していないぞ」

祭壇の脇を、

「いくらオドオドしていても」

大伽藍の下を、

「おまえは、無敵なんだ」

大きな扉を、

「メリヒムもイルヤンカも、ソカルの奴だって、皆知ってるんだ」

城郭を、

「おまえは、どれだけ苛めても」

その出口を通り抜けた。

「そこに――」

――あったのは、夜。

風に霧が巻き、遠く戦火を臨む、ブロッケン要塞の麓。

夜しか、なかった。

『ラビリントス』が、なかった。

彼が、いなかった。

「――あ、ああ、あ」

チエルノボーグの膝が崩れる。

「うわああああああああああああああああぁ――――!!」

獣のような絶叫が、慟哭が、夜の峰に響き渡った。

『天道宮』の最奥に転がるガヴィダは、残り少ない時間を、途切れがちな思いで潰していた。

（やれ、やれ……最後の最後で、とんだ波乱の人生だぜ）

若き日々を討ち手や同胞と戦い――やがて人間と芸術の偉大さに気付き――数多くの宝具を彼らと作り上げ――隠居して、虚空から人の世を〝徒〟の業を傍観し――そして、最後に。

（感謝するぜ、炎髪の……この戦を知らずにのうのうと生きてたら、俺は……）

人間の言い回しを考えて、笑う。

（……そう、あの世で、あいつに顔向けできねえってもんよ）

あの世という、〝徒〟には理解し難い概念を、ガヴィダは好意的に思い浮かべる。

（大好きな奴らが、楽しく過ごす場所に、自分も加わる、か……たしかに、いい妄想だ）

あるいは、それこそが自分の最も欲しかった世界なのかもしれなかった。

（ああ、そうだよ、な）

ふと、思った。

なんの障害もなく、一緒にいられる……それが、欲しかった。

（俺ぁ、天国作ってたんだ）

今転がっている場所からは見えない、銀の水盤『カイナ』……あれも、そんな気持ちで作った物の一つだった。たくさんの物を、たくさんの奴らと、作りたかった。

（いや、もう、作ったんだ……物も、一緒に作る友も、たくさん）

その中の、最も長く親しく付き合った最後の一人、とある老人のことを思う。

（手前のことだけが、残ってた……仕事も途中でほっぽって逝っちまうから、未練たらたらな言伝なんか残していきやがるから、俺がこんな面倒の末に、こんな格好になる、くく）

ガシャン、と鉄の面覆いが落ち、乳白色の火の粉として、散る。兜の、一見虚ろな中には、しかしたくさんのものが詰まっていた。

（世間知らずの、いじけ娘、め……）

一時、自分の元に舞い込んだ無邪気な少女に笑いかける。

（手前の目で、手前への想いを、手前の無気力が招いた、結果を、受け止め、やが、れ）

そんな、思いだけに満足感を表して、

（そして、知るがいいさ……人間が、結構、お人よし、なんだって、ことを、よ……）

兜が、乳白色の明かりを撒きながら崩れていく。

（…ドナーよ、向　うが　本当　ある　エールで　一杯、やろ　や　…　）

そして、明かりは、消えた。

ブロッケン要塞の『首塔』が、一時の衝撃の後、再び夜霧と風に晒されていた。

「我が宰相よ……無駄にはせぬぞ」

天秤の中央で鮮やかに青く燃えるアシズが呟いた。

一人きりの『九垓天秤』が、いつにも増して大声で喚く。

「僕たちは毎夜楽しく過ごしました!!」「僕には悲しみを嘆いてくれる友がいました!!」「彼は僕のために懇願し、悲しみの涙を流しました!!」

そのジャリに、アシズは命じる。

「大斥候、今はただ、空を守れ。あとは『両翼』がやる」

すでに宰相はいなかった。主たる彼自身が、全てを命じなければならない。

「秘密を不可思議にも明らかにし!」「天の顔を無数の星に飾り給うたお方が!」「王に誉れと安寧を授け給うことを!」

例によっての無茶苦茶な言葉に従って、彼の自在法、蠅でできた防御陣『五月蠅る風』が『首塔』の頂上付近に密集し、渦巻く。

そして、いよいよ〝棺の織手〟アシズは、
かつて一人の人間と契約し、〝冥奥の環〟という真名を持っていた〝紅世の王〟は、
今や『都喰らい』によって、強大な〝存在の力〟を保持する［とむらいの鐘］の首領は、

「始めよう……『小夜啼鳥』よ」

己が唱える『壮挙』を実行に移す。

未だ鳥籠の中にあって動かぬ少女は、かつての知友たる〝王〟ガヴィダの消滅も知らず、ただ俯いて座っている。その顔は、半分までをアシズの意のままにする紋様に支配されていた。

彼女と鳥籠――宝具『小夜啼鳥』が、ゆっくりと上昇する。モレクによって開け放されていた扉が、傾きにキイと鳴るが、囚われ人はやはり見向きもしない。

その浮き上がった鳥籠の下、アシズの青き炎の中を、一つの金属板が漂い浮かんでくる。

炎にも犯されない、見た目にも強固なその表面には、聖刻文字、あるいはルーン文字のような、細かい記号状の文字列が二揃い、刻まれていた。年経た〝紅世の王〟なら一目で分かっただろうそれは、今では全く使われていない形態と様式を持つ、古代の自在式である。

鳥籠と金属板は、まだ止まらず上っていく。

やがて『九垓天秤』の中央炉が、底を競り上がらせて嵌った。

そこには、青い宝石の塊とも見える、一つの棺が置かれている。アシズの持つ力、物体を因果の流れから切り離して閉じ込める『清なる棺』だった。中には、人間の姿がある。

目を閉じ、胸の前に掌を組んで眠る、若い女性。

「紡いでくれ、『小夜啼鳥』」

「紡いでくれ、『小夜啼鳥』」

深い哀切と大いなる希望を満たしたアシズの乞いに、少女は鸚鵡返しに答えた。

支配の程に満足して、アシズはさらなる〝存在の力〟を鳥籠に注いでゆく。

「おまえなら、これらの自在式を起動できる……存在の『分解』と、『定着』の、式を」

自らの意思では答えない少女の顔を、紋章がさらに這い上がってゆく。

アシズは構わず、少女に強制するための鳥籠に、意思を込めた。

応じて、ゆっくりと不自然に、少女の口が開く。

「――――――――」

一声、人間では発し得ない、音が鳴る。

ゴオン、と重い鐘を鳴らすような音を上げて、金属板の文字に光が点った。

「おお……」

アシズは信じられないという心持で、声を漏らした。

彼が入手してからこの方、解読の手掛かりすら掴めなかった難解極まる自在式が、若い〝徒〟の、たった一声で起動していた。

「あなたは常に目覚めた獅子であると信じられています！」「あなたは他の者が剣で勝利するときに！」「子羊の如き寛容と知恵で勝利なさいます！」

ジャリも大声で喚き、この［とむらいの鐘］悲願実現の光景を三つの仮面で見つめる。

アシズは、炎の頂に鳥籠、中ほどに金属板、底に棺を一直線に並べた。一躍大きく炎を膨れ上がらせ、己が全開の力を振り絞る。

「おまえが、この存在の『分解』と『定着』の自在法を操ることで――私が織り合わせるための、『この世に共に在るための糸』を紡ぐのだ」

青い炎、『都喰らい』で得られた高純度の〝存在の力〟の中で、棺の蓋が溶け、消える。

女性は、目を開けない。

すでに、死んでいた。

「彼女という、この世の存在を『分解』せよ。私という、〝紅世(ぐぜ)〟の存在を『分解』せよ」

その声には、とある感情が顕(あらわ)になっていた。

「私が織り成した、合わさり一つとなった我々の存在を、この世に『定着』させよ」

それは、狂気。

「我らの子を――『両界(りょうかい)の嗣子(しし)』を、生み出すのだ」


モレクの死によって元に戻ったブロッケン要塞(ようさい)の基部、

「始まった!?」

「急ぐぞ」

「ここを砕けば、外であります」

「脱出」

花崗岩(かこうがん)の壁を砕いて、二人のフレイムヘイズは外の山肌(やまはだ)に出た。

マティルダは、ヴィルヘルミナの織ってくれた純白の花冠(コローナ)、モレクの『ラビリントス』を破壊した道具を、まだ被(かぶ)っていた。『騎士団(ナイツ)』を散開させた際、その大きな負荷によってか、ケープのような糸は焼き切れてしまったが、冠の美しさには変わりがない。
彼女自身も、一瞬一撃の全力放出によって、その顔に疲労を色濃く見せていたが、笑う強さ、歩みの確かさは変わらない。その彼女が、友と並んで見晴るかす世界にあるものは、
未だ裾野に激しく続く両軍の戦いと、
雲のように溜まる真っ白な霧と、
夜明けもまだ遠い漆黒の闇と、
宿敵。

重々しく空を舞う〝甲鉄竜〟イルヤンカと、その額に立つ〝虹の翼〟メリヒム。
［とむらいの鐘］の誇る最強の将、『両翼』。
彼らは、得難き宰相を討ち果たされ、戦意に燃えている。
楽しくてたまらない、という風にも見える、凄まじい形相。
マティルダは、女として女のために怒り、戦士として戦士を迎え笑う。
メリヒムは彼女の疲労を知って、容赦もせず遠慮もなく、戦いを求める。
「準備は、万端だな？」
マティルダは、笑みを崩さず、堂々受けて立つ。

「それを、私に尋ねるの？」

4　両翼

　昔――〝紅世の徒〟が『歩いてゆけない隣』に在る別の種族・人間と共感し、その存在を知るようになってから僅かの頃、一人の〝紅世の王〟が、その『隣』へと渡る術を編み出した。その術は、たちまち〝徒〟たちの間に広まった。苛烈な力の鬩ぎ合いを延々続ける故郷ではなく、己が存在と意思を自在に現すことのできる、また生きる上での余裕や無駄なものを持つことを許される『隣』が、彼らには楽園のように思えたのだった。

　しかし逆に、渡り来た〝徒〟らの脅威に晒される側、人間にとって、その跳梁を止める者のなかった古の時代は、地獄でしかなかった。そんな人間らを遠慮容赦なく喰らう〝徒〟らは、我が世の春を謳うように新世界を跋扈し事象を弄り、放蕩の限りを尽くした。

　が、やがて、一つの報いが彼らを襲う。

　渡り行く者、また戻る者（当時はごく当たり前に両界を行き来する者が多かった）が、境界において次々と遭難するようになったのである。追い返され、中途で傷つき、時には行方不明、消滅さえした。まるで、越えようとした海で大時化に遭うように。

ようやく不審と疑念を持った〝紅世の王〟の一人が、世界の在り様を捉える特別な感覚をもって、この境界をふと覗き、捉え、そして……愕然となった。

両界の狭間たる境界が、『隣』に生じた不自然な歪みに引き摺られ、捻じ曲がりつつあったのである。事ここに到って、ようやく〝紅世の徒〟らは『歩いてゆけない隣』での放埒が、なんだったのか、なにを意味するのか、自分たちになにを齎すのか、悟った。

彼らは『世界のバランスという名の家』……そこで共に並び立って家を支えていた柱の片方を、好き勝手に削り、弄り回していたのだった。放埒が長く続けば、いつかきっと『隣』の柱は折れ、『家』は倒壊する。横に並んだ柱である〝紅世〟をも巻き込んで。

この、後に『大災厄』と呼ばれるようになった倒壊の危機説は、〝徒〟たちを震撼させた。

実際に境界を越えて帰って来た者らの証言とともに説は広まり、特別な感覚を持った者、判断説得によって了解した者、勘を鋭く利かせた者、単に心配性な者……賛同者は、境界における遭難者の数と比例するように増えていった。

しかし一方、すでに『隣』へと渡り、そこで気侭な暮らしを送る者たちに、これらの切迫感は伝わらなかった。そして、気侭な暮らしであればこそ執着する者は多く、また渡り行く者も途絶えない。元々、〝紅世〟を嫌って渡る者が大半なのだから、これは当然のことだった。

そうこうする間にも人間は喰われ続け、世界は歪みを増していった。

今すぐ愚行を犯す同胞を止めねばならない。

例え殺してでも。

とはいえ、憂える彼らが『隣』へ赴くには、幾つもの障害があった。

まず、弱い〝徒〟では、荒れた境界を『隣』まで渡り切るのは困難、成否はほとんど運任せと言って良かった。しかも渡った後は十中八九、放埒無道の同胞らと戦うことになる。

『隣』には、強大な存在たる〝紅世の王〟が赴かねばならなかった。

だが、『隣』で〝王〟が顕現するには、放埒を行う者たちと同じ様に〝存在の力〟を消費せねばならない。そのためには当然、人間を喰らわねばならない。強大な〝王〟であれば、より大量に。これでは本末転倒、なんの意味もなかった。

そのジレンマに懊悩しながら試行錯誤と暗中模索が行われること数百年、遂に一人の〝王〟が、〝紅世〟における一つの儀式を応用して『隣』に干渉する方法を編み出した。

神威の『召喚』である。

〝紅世〟にも、神と呼ばれる存在は幾柱も存在していた。

ただ、彼らは『隣』における信仰の中核や概念の具象たる架空存在とは違い、どこまでも現実的な、権能と威力をもって世界の法則の一端を体現する、超常的存在の総称を言った。

彼らは祈りと代償、運と神自身の意思により、特異な権能を行使し、強大な威力を発揮する。

その降臨を要請する儀式を『召喚』と言い、儀式は、神の意思をその力を欲する者に向けさせること、了解を得るための代償として犠牲を払うこと、の二つに大別される。

一人の〝王〟が編み出した、〝存在の力〟を消費せず『隣』に干渉する方法とは、この儀式を『隣』で執り行わせ、儀式に伴う代償は召喚主・人間の方に負わせる、というものだった。

神が己の力を欲する者を感じるように〝王〟たちは〝徒〟への復讐の念を抱く人間を探した。元々、彼らと共感することで『隣』を知ったのである。最も強力な感情の一つである憤怒と憎悪を感知するのは造作ないことだった。また、復讐という目的は人間に全てを捨てさせる。代償を払う儀式である召喚も、強制力を持つ約束である『契約』も、容易く成立した。

こうして、人間に存在の全てを捧げさせた〝王〟らは、空っぽとなった人間の内に転移することで遂に、世界に歪みを発生させることなく、『隣』における居場所を得ることに成功した。世界に接する殻は人間、内に在るのは〝紅世の王〟という、一種の誤魔化しだった。

契約によって人間の内に入った〝紅世の王〟は、召喚を受けた時点で存在の総量を固定される。『召喚され続ける＝人間の内に在る』限りは、人間を喰らわなくても、その存在は維持されるのだった。人間の体力のように、力を使った分は消耗するが、休息すれば固定された総量まで回復してゆく。討ち手として活動を続けるのにはうってつけの形態だった。

その総量の上限は、人間が捧げた全て——時空に広げる全存在『運命という名の器』——であり、強大な〝紅世の王〟を容れるにはあまりに小さなものだった。必然的に、〝王〟らはそこに入るほどに己が身を休眠させることとなったが、眠った体から漏れ出す力だけでも、契約者の適性や鍛錬次第で、人間を喰らい顕現する〝徒〟らとは、十分に戦うことができた。

世界のバランスを守る討滅の追っ手の、誕生だった。
彼らの総称は、契約の際に人間が幻視する、境界の光景から採られている。
曰く、『炎の揺らぎ』。

これら討ち手、フレイムヘイズには、人間を器とする構造原理から、行動の主導権はほぼ人間側が握るという欠点もあったが、ともあれ方法は確立し、多数の〝紅世の王〟が異界へと旅立っていった。無道を働く同胞を討つために。

その第一陣に、一人の、強大な〝紅世の王〟がいた。
真名を〝冥奥の環〟という。

契約者たる人間、フレイムヘイズ『棺の織手』とともに、異世界での活動を始めたばかりの〝王〟らを率い、最初期に乱立していた〝紅世の徒〟の組織群を数多覆滅した傑物である。

当初の彼は、フレイムヘイズと契約した〝王〟の理想像とも言うべき存在だった。

この世のバランスを守るという使命感に燃えており、その大志を遂行するだけの圧倒的な実力を持ち、世を覆う規模で渦巻いていた〝徒〟への怨嗟の声の中から、自己の志に見合う人間を厳選した。契約者となった女性の方も、人々を異世界の魔物から守るという使命を一途に果たす純真さで応え、『棺の織手』の称号は、英雄の名として世に轟いた。

後の時代のように、〝徒〟に喰われる者の減少による人手不足から、復讐を望む者なら無条件で契約する、という泥縄の状況と違い、当時は人間側も精鋭を選ぶことができたのだった。

だが彼は、やがて、進む道を決定的に違える。

二人の間に、〝紅世〟で策を講じた者らの予期だにしていなかった事態が起きた。

〝紅世の王〟の男、契約者の女——二人が、恋に落ちたのである。

以前から、〝徒〟と人間の精神の在り様がほぼ同じであること、ゆえに世界の境界を越える共感を得られたことは、〝紅世〟でも広く知られていた。『隣』に渡った者たちの間に、そのような事例があることも確認されていた。

しかし、そういう感情は、『隣』を荒らす者らの抱く、放埓な欲望の一つとして、ほとんど無視されていた。世界のバランスを案じ憂える〝紅世の王〟らは、立場や思想の上から、誰一人として『隣』に渡ってはいなかったのだから、それも無理からぬことと言えた。

実際に『隣』へと渡ることで初めて、彼らは知らされた。

人間との間に芽生える愛情、そのとてつもない危険さを。

他でもない、フレイムヘイズ『棺の織手』の死によって。

契約者の死によって召喚の契約が失効すると、それに力を与えていた〝紅世の王〟は、まず当然のこととして〝紅世〟への帰還の途につく。しかし、いかに強大な存在であっても、『隣』の歪みによって荒れた境界は、そうそう容易く渡れない。契約者が死に至るほどの激しい戦いで力を使い果たし、帰還も叶わず境界の内に呑まれて死ぬ〝王〟も多かった。

また、目の前の使命を完遂するため、残された力で『隣』に顕現し、最後の抗戦を行う者もいた。その、契約によって『隣』に縛られた状態での顕現は、本来〝紅世〟の存在である〝王〟から、器という誤魔化しの道具を取り除くことに他ならない。通常の〝徒〟のように、人間を喰らって〝存在の力〟を得るという準備段階を持たないまま行われる顕現は、長時間維持することができない。どころか、その場で全力を消耗し尽くして死ぬしかない。戦闘にのめりこんだ挙句にこの道を選んで自滅する者は、使命の性格上、後を絶たなかった。

その中、
己が契約者の死に面したアシズ（という通称を得た〝冥奥の環〟）は、異常な行動に出た。

彼は、砕けつつあった契約者の体を、自身の能力たる『清なる棺』の内に保存した。

同時に、周囲に在った人間を、なんの躊躇もなく無数喰らい、〝存在の力〟を得た。

そして、『隣』に縛られた身を解放するため、その場で自らを再召喚し、顕現した。

まさしく、神業だった。

彼は〝紅世〟に帰り、また『隣』へ渡るという、本来経るべき過程を省くために召喚の儀式を応用し、瞬時、同一地点に、〝紅世の王〟として顕現を果たしたのである。

受け入れられない現実――契約者の死――を変えるために。

ただ一つの望み――愛する女の再生――を、果たさんがために。

この、最も功多く強大な〝王〟の離反という、前代未聞の大事件は、同じ立場にあったフレイムヘイズのみならず〝紅世〟や『隣』に跋扈する〝徒〟らにまで、大きな衝撃を与えた。

彼に、使命と真逆の行動を取らせたものは明白だった。

愛情である。

長く、あるいは深く関わるほどに、〝紅世の徒〟が人間を愛する確率は高まる。そしてそれは容易に、彼ら本来の道を違わせることになる。人間を喰らう〝徒〟がそのことに悩み、使命に従事する〝紅世の王〟が離反する……愛情は、彼らにとって脅威の共通項となった。

ともあれアシズは、世界のバランスよりも自分一人の愛情、その再生を選び――必然の結果として、彼を追う者たち、元同志たる討ち手らと戦うようになった。

フレイムヘイズは、絶対に彼を許さなかった。単純な、背信への咎からではない。彼の行為を許せば、討ち手らの存在意義は根底から覆されてしまうからである。

逆に〝徒〟らは、彼を畏れつつも敬服した。『欲望の肯定』こそが全ての彼らは、断固として望み目指し、また守り続けるアシズの姿に感銘を受けたのだった。

そんな彼個人の抗戦が、変質し、集団となるのに時間はかからなかった。古竜イルヤンカが付き従い、巨人ウルリクムミが服し、変物ジャリを加え、賢者モレクを迎え……中東から小アジアを経て欧州に居を移す頃には、彼は対フレイムヘイズ軍団［とむらいの鐘］を率いる、世界のバランスにとって最大級の敵となっていた。

名乗りは、〝棺の織手〟に変わっていた。

それは、彼にとって愛する女性と一つになった名だった。


「起動しました」

運ばれる輿の上にあるヘカテーが言い、

「来たか」

シュドナイがまびさしの下に目を光らせ、

「ふむ」

ベルペオルが唇の端を吊り上げて笑った。

整然と撤退する［仮装舞踏会］の中央、地面を滑るように低く飛ぶ竜に乗せた輿の上で、ヘカテーが錫杖を両手でくるりと振り回す。数度回して、石突で床を突く。シャーン、と三角の錫杖頭にはまった、同じく三角形の遊環が、透き通った音色を辺りに響かせた。

錫杖頭から数個、明るすぎる水色の三角形が零れて、彼女の周囲に舞う。

それらを、巫女たる少女は同じ色の瞳で見回した。

彼女の右、鎖で作った渦巻きに立って併進していたベルペオルが尋ねる。

「どの断篇だね？」

「起動は一画のみ、限定的なものなので、まだ分かりません」

ヘカテーはそちらを向かず、ただ目の前にある水色の三角形だけを見つめて答えた。

彼女を挟んだベルペオルと反対側、左を黒馬で騎行するシュドナイが嘲笑する。

「ふん、いかに相手が『小夜啼鳥』とはいえ、俺たちの『大命詩篇』をそう簡単に解読できるものか」

ベルペオルも嘲笑で返すが、向ける相手は違う。

「それはその通りだが、今、一画のみとはいえ起動させられているのも事実だよ。油断は禁物さね……それで、把握にはどの程度かかる?」

「防御外甲を抜け、詩の本譜に入れば、即座に」

「結構、続けて監視しておくれ」

言うと、彼女は自分を乗せた鎖の渦を半回転させて、陣の後方を眺めた。

遥か後方、モレクの『ラビリントス』が吹き飛んで、山上のブロッケン要塞が、再び露になっている。その付近で、紅蓮の爆発と『虹天剣』らしき直線の虹が迸り、交錯していた。

(よしよし、程よく追い込んでおくれな、紅蓮の大魔神)

と、その視線の端、

(おや)

殿軍に、輝きを朧に揺らす光の幕が翻った。

（思わぬ大物が出張ってきたね……ウルリクムミめ、中央軍で攻勢をかけて、撤退する我が方に敵の矛先を押し出させたか……相変わらず見事な戦運びよな）

うちに欲しいくらいだ、と惜しみつつ、反対側のシュドナイに声をかける。

「シュドナイ」

「見ている。そろそろガープあたりが救援の要請に――」

来た。

「軍師殿！」

ボン、と浅葱色の火花を上げて、ベルペオルの傍ら、やや低空に、人形を四方に引き連れたガープが現れた。宙に浮かぶ騒がしい男は、焦りを顔に態度に表している。

「かねてご懸念の通り、敵右翼の追撃が本格化しております！」

彼が慌てるのも無理はない。

敵は、フレイムヘイズ兵団の副将。

「先陣を切っているのは『極光の射手』です！」

ベルペオルは、見れば分かる報告に、一応頷く。

「そのようだね。将軍、我々は『震威の結い手』まで相手にする気はないよ」

「介入の隙を与えず潰せばいいのだろう？」

当意即妙に返すと、シュドナイは後衛に向けて馬首を返した。その傍ら、言い置く。

「くれぐれも、俺の可愛い〝頂の座〟へカテーを危険な目に遭わせないでくれよ」

「将軍の頑張り次第だね」

そんな二人の応酬に、無表情に前を見るへカテーが付け足した。

「私はあなたのものではありません」

シュドナイは笑って肩越しに手を振り、自分の戦場に向かう。


〝闇の雫〟チェルノボーグは、要塞の中を音もなく走る。

アシズの元に戻り、新たな命令を受ける気はなかった。

彼女は、こう言われていたからである――『許す。暴れよ』と。

これまで直接的に彼女への命令を下してきた宰相が、もういない、ということもある。

自分の全てを張り詰めさせ、住み慣れた静寂の要塞を、一つの意図をもって進んでゆく。中央身廊の、幾重にも連なる飾り気のないアーチを潜って、奥へ、上へ。

走る中、ふと、この地に入城した数百年前の思い出が、脳裏を過ぎった。

アシズを先頭にした『九垓天秤』堂々の行進。廊下両側には、無数様々な［とむらいの鐘］の同志たちが柱間を埋めて騒ぎ、誰もがこれから始まる戦いに燃えていた。

（そう、主の後に、イルヤンカ、メリヒム、痩せ牛、ジャリ、ソカル、私……後ろは、ニヌル見栄っ張りのソカルが、この入場の順序にこだわったために、『九垓天秤』の間で一悶着起きたことも、ついでに思い出す。

どうせ自分とイルヤンカが一と二だ、と無視するメリヒムや、なんとか妥協点を探そうと案を出しては却下されるモレク、どこでもいいから早く決めてくれとウンザリするフワワ、喚き騒ぐだけのジャリ、功績の順であるべきだと断固主張するニヌルタ、自分は大きくて邪魔だから最後で良いとだけ言ったウルリクムミ、激発しそうな者を諭すイルヤンカ……

(私は、たしか何も言わなかったのだったか)

彼らの半分は、もうこの世にも〝紅世〟にも、いなかった。

これからさらに、減るかもしれなかった——彼女自身も含めて。

それはいい、元より覚悟の上、と思う。しかし、なにもせずに全てを終えること、あるいは主と新たな世界を迎えることは、〝紅世の王〟としての矜持が許さなかった。全てを賭けて、全てを出し尽くして、成否を待つ……否、成否の示される時へと向かう。

彼が、そうだったように。

(見ているがいい、痩せ牛……泣いて蹲ったままの私ではないぞ)

音無しに、彼女は駆ける。

(見ているがいい、痩せ牛……主のために、この私が成すことを)

要塞を、奥へ、上へと。

「――はあっ!!」

降下した山肌に前脚を突き出し、続いて踏ん張る両後ろ足から『幕瘴壁』を噴射して急速反転、イルヤンカは再び巨重を夜空に飛翔させる。

その分厚い兜のような額の上、片膝を着いて衝撃に耐えたメリヒムは、上空を単騎疾駆する紅蓮の悍馬に向けて、続けざまに『虹天剣』を二度、三度と放射した。

その三度目の虹が、悍馬の前足を二つとも吹き飛ばして、マティルダは前に放り出される。

「っと、は!?」

「もらった!」

飛び上がる巨竜から、さらに自力で跳躍したメリヒムが、サーベルを前にかざして叫んだ。

「なにをよ!?」

空中で一回転したマティルダは、その勢いを乗せて、左手の矛槍を突き出す。

メリヒムは、ガン、とその矛先をサーベルで払い、愛しい女へとさらに接近。

マティルダは即座に漆黒のマント『夜笠』に飛翔の自在法を展開させ、同時に矛槍を大剣に変え、盾を消し、両腕で大剣を握る。まさに絶技をしての間一髪、鍔迫り合いに持ち込む。

銀髪に金冠を模した額当てを頂く、精悍な男。

炎髪灼眼を鮮やかな紅蓮に煌かす、壮麗の女。

互いに、僅か顔を寄せ合いさえすれば、唇も届く距離。

しかし互いに、刃以外を交わす気は毛頭ない。

「もちろん、おまえを得る勝負を、だ」

ギリギリと合わせた鍔元に力を入れながら、メリヒムは声を絞り出した。

「おまえをだ、って言わないあなたは好きよ」

冷や汗を浮かべたマティルダは笑って答え、突き放すタイミングを計る。

その直下から、彼女を嚙み砕かんと迫っていたイルヤンカが、不意に両腕を純白のリボンに
絡め取られ、巨重の突進を一気に横回転、明後日の方向に投げ飛ばされた。

「ぬうっ！」

その飛ばされた先に、同じリボンで編まれた網を見つけて、イルヤンカは笑止に思う。

「舐めるな、ッバハア――!!」

口から吐き出した『幕瘴壁』、特大の噴進弾を受けて網が引きちぎれた。

「舐める？　まさか」

どこからか、平静な声がかけられた瞬間、千切れた網が一斉に解けた。無数のリボンの断片
による吹雪となって、イルヤンカを取り囲む。その表面に浮かんだ桜色の自在式は、

（爆破か！）

思っても、先の噴進弾の発射で、全身を覆うほどの『幕障壁』を咄嗟に集められない。

（ちいっ、さすがに儂と戦い慣れて——）

リボンが全周一斉に起爆した。桜色の幻想的な火球が、竜を包む炉となって轟々と燃える。

その火球を見下ろす上空、未だ宙で押し合い圧し合いする二人との間に、巨大な鬣と仮面に身を覆ったヴィルヘルミナが浮かんでいた。

（この程度では、足止め程度にしかならないでありましょうが）

（牽制重要）

ズドン、と、

「！」「！」

その火球をやすやすと打ち破って、鱗を鈍く輝かす竜が彼女らに突進する。体表は焼け焦げていたが、元より真名の示すとおりの頑丈さを誇る〝紅世の王〟である。

「……舐めていたようでありますな」

「反省」

言い合う二人は、再び迫るイルヤンカに、鋭くリボンを伸ばすが、

「二度は通じん！」

長い首を竜巻に変えるかのように鈍色の『幕障壁』が発生、これを跳ね除けた。

ティアマトーが叫ぶ。

「回避！」

「つく!?」

ヴィルヘルミナは眼前、広がる竜の翼との衝突に対し、前に展開させたリボンをクッション代わりにして危うくかわした。今度は投げ飛ばすだけの余裕がない。何度かクルクル回って、ようやく体勢を立て直す。

（いけない）

鍔迫り合いを続けるマティルダとメリヒムの真下から、イルヤンカが飛び込んでゆく。

その尻尾にようやく一条、リボンを絡めたが、もちろんそれで止まる突進ではなかった。

（ままよ！）

引っ張られる中、自分からもリボンを引いて、猛烈に加速する。イルヤンカの背中にようやく追いつき、そこからさらに上へとリボンを伸ばす。声とともに。

「矛槍！」

「！」

要請にマティルダが答えて、メリヒムを鍔元で突き放すと同時に左右、数十の騎士を作り、彼へと矛槍を突き出させる。

「要らぬ邪魔を！」

憤りを隠さないメリヒムは、これら数十の矛先を軽くいなし、切り払い、叩き落とす。最後の一振りは当然、決め手の『虹天剣』。

その迸った先にあったマティルダは真下へと、落ちるようにかわした。足に絡んだヴィルヘルミナのリボンが引いたのである。

「弓！」

意図せぬ回避にも『炎髪灼眼の討ち手』は慌てず、自分の左右に腕だけを数十組、弓とともに現し、射掛けさせた。矢が離れると、腕は一斉に消える。

炎の矢が、逆巻く豪雨のようにメリヒムへと奔った。

と、今度は彼を、イルヤンカが真上へと押し上げる。紅蓮の矢が次々と体に命中して爆発する中を、〝甲鉄竜〟は全く揺るがずに上昇、縮めていた翼を再び広げ、滞空する。

ヴィルヘルミナに引かれて降りたマティルダ、
イルヤンカに押されて昇ったメリヒム、
双方再び開いた距離で上下、視線を激突させる。

（やはり、恐ろしく強い）

その場にある全員が、その場にある全員に対して、思った。

本当に決着がつけられるのか、誰にも分からない。

（それでも、戦う）

その場にある全員が、思った。

フレイムヘイズ兵団の左翼、ブロッケン要塞を東から圧迫していたベルワルド集団は、思わぬ苦戦と混乱に見舞われていた。彼らの正面にある敵、［とむらいの鐘］中央軍の頑強な抵抗、どころか攻勢によって、その陣列を大幅に後退させられたのだった。

ほんの少し前まで圧倒的な優位を保っていたはずなのに、と大半の者は思い、焦っていた。開戦早々の速攻で中央軍の将、『九垓天秤』の一角〝焚塵の関〟ソカルを討ち取り、その右翼を構成していた［仮装舞踏会］も撤退したのだから、そう思わない方がどうかしている。

しかし、戦いというものは、有利の中にこそ危険が潜んでいるものなのだった。

優勢を確信した、ベルワルド集団の指揮官にしてフレイムヘイズ兵団の副将、『極光の射手』カール・ベルワルドは、撤退を始めた［仮装舞踏会］の追撃に兵を割き過ぎたのだった。

優勢なのだから、中央軍に当てる兵は少なくてもいい、という本末転倒な方針の元、手薄になったベルワルド集団は、逆に〝巌凱〟ウルリクムミの命によって増強された中央軍の猛攻を受け、圧倒されたのである。

人数だけの即席フレイムヘイズが大多数の彼らは、勝っているときは調子に乗って強さを発揮するが、難局には全くといっていいほど抵抗力がなかった。たちまち陣列は崩れたって、開戦から稼いでいた距離をあっという間に押し戻されてしまった。

おまけに、この後退によって連携を崩された北のサバリッシュ集団までもが、［とむらいの鐘］中央軍と左翼による半包囲の危機に陥り、総大将『震威の結い手』ゾフィー・サバリッシュも、部隊を後方へと下げざるを得なくなってしまった。

その黒森の、枝葉も茂る闇の中、ゾフィーは地図を両脇に抱え、脱兎の勢いで逃げつつ、

「カールはどこほっつき歩いてんだい!?」

と怒鳴ったが、相方である〝払の雷剣〟タケミカヅチ、

「彼を副将に任じたのは君ですぞ、ゾフィー・サバリッシュ君」

またその後ろで机や天幕を引っ担いで走るドゥニ、アレックスら、

「人事の成功と失敗は総大将の責だと思うのですが」

「どっちにせよ、今になって言うのは間抜けってもんだわな」

各々即座の反撃を食らっている。

もちろんゾフィーにも言い分はあった。

『極光の射手』カール・ベルワルドは、たしかに強力かつ有能なフレイムヘイズではあったが、誰かが自分の上に立つのを嫌う、という討ち手に多く見られる性格の一典型でもあった。

大戦に参加する討ち手の中で、仮にでも彼が心服しているのは、要塞に乗り込んだ二人とゾフィーだけである。それ以外の、まして自分より弱い者の指揮になど、服すわけもなかった。

しかし、この大戦における作戦の大綱は、ゾフィーがウルリクムミと戦っている間に、カールが速攻でソカルを討つ、というものだった。そこには、彼の強大な攻撃力が前提として織り込まれていたのだから、彼は結局、副将に配置するしかなかったのだった。

この作戦は緒戦において狙い通り、カール率いる『ベルワルド集団』によるソカル討滅という大戦果を挙げることができた。しかし一方で彼が、その大戦果に引き摺られて全体の戦況を読み違えるという、典型的な落とし穴にはまってしまっている。

百戦錬磨の先手大将ウルリクムミが、その隙を逃すわけもない。未だ十分な余力を残す［とむらいの鐘］の〝徒〟らは、むしろここが踏ん張りどころと、各所で反撃を開始していた。フレイムヘイズ兵団は今、有利さへの油断に足を取られて、最も危うい局面を迎えていた。

ゾフィーは、これら危険性に気付いていなかったわけでも、無策だったわけでもない。こういう局面もあろうかと、何人か冷静な補佐役をつけるなど、一応の処置はしてあった。

ところが、そのカールは補佐役らを振り切って、最前線に飛んでいってしまった（追おうとした補佐役らは、紙の兵士『レギオン』による巧みな足止めを食らっていた）。緒戦の大戦果に気を良くした彼は、次に逃げている一団を蹴散らしてやろうと勇み立っていたのである。

その一団、［仮装舞踏会］の殿軍に、不思議な光がある。

「イーヤッハー!!」

背後に、緑から赤紫、さらには白までを朧に揺らす極光を引いて、馬より一回り大きな鏃が戦場を高速ですっ飛んでいた。鏃は、その前に立ちはだかる紙の兵士たちを、次々と断ち割り、容赦なく跳ね飛ばし、最後には轢き潰してゆく。

「俺様の『ゾリヤー』の前に立つんじゃやねえ、有象無象どもがー!!」

鏃の上面に入った切れ込みの中から、面覆いのない兜を被った、気の強そうな顎髭の青年が顔を覗かせている。『極光の射手』カール・ベルワルドだった。

「いよっ、と!」

己を乗せた巨大な鏃型の神器『ゾリヤー』を左に僅か傾けて、大回りにターンする。その間も、次々と紙の兵士を突き飛ばし、切り裂いていく。その高速で流れる光景の中、

「ん、味方が付いてきてないな?」

彼はようやく気付いた。

「飛び上がった奴が何人か、『五月蝿る風』に喰われたのは見たわよ」

彼を乗せる神器から、まず艶っぽい女の声が、

「それにこのウザったいペラペラ兵、雑魚どもには荷が重いみたい」

続いて、軽くはしゃぐ声が響いた。

カールと契約し、異能の力を与える〝紅世の王〟……一心同体の姉妹、〝破暁の先駆〟ウー

トレンニヤヤと〝夕暮の後塵〟ヴェチェールニヤヤである。

彼女らはカールの、指揮官としての不手際を嗜めるでもない。

「やーっぱ速過ぎんのよ、あんた」

「つーか、強過ぎんじゃない？」

むしろ、揃えた声には、己の契約者を誇る風さえあった。

「へっ、当然だろ！　この俺様は——」

声に応えて、鏃の後方に引かれていた極光が、鳥の翼を広げるように、両側面にも展開される。翼に触れるものは皆、鋭利な刃物で斬られたかのように上下真っ二つになって吹き飛ぶ。

高速で地を疾走する、それはまるで一陣の太刀風だった。

「——『極光の射手』だぞ!!」

「ツハハ！」

「ツキャー！」

カールは外見こそ青年だが、実際には数百年を戦い抜いてきた歴戦のフレイムヘイズであり、当然のことながら愚かではない。にもかかわらず、自身の立場や全体の戦局をさほど深刻に受け止めていない。自分たちのいる場所では、事実として敵を倒し、勝っているからだった。

また彼らは、瞬間的に大威力を発揮する『震威の結い手』ゾフィー等、特別な連中にこそ及ばないものの、単騎の高速戦闘では屈指の強さを誇るフレイムヘイズである。多数の敵に取り囲まれても、さっさと突破して友軍に合流できる、合流さえできれば自分が戦局を逆転させられる、そう本気で楽観していたのだった。

そんな彼らの敗因は、個人のそれに比して数段複雑な集団戦闘に慣れていなかったこと。目の前で蹴散らされている敵の姿が、反撃の準備、その一段階であると見抜けなかったこと。そして――敵中に孤立した状態で［仮装舞踏会］の将軍の前に立ってしまったこと、だった。

自信満々に突き進む彼らの前に、その敗北が、一つ姿を取って現れる。

黒い鎧に身を固め、剛槍『神鉄如意』を携える〝千変〟シュドナイである。

「ここまででいい。降ろせ、オロバス」

言って、彼は黒馬の鞍壺を叩いた。

黒馬の姿をした〝徒〟、オロバスは首を回して尊崇する将に言う。

「しかし、将軍……」

「騎乗したまま全力を出したら、お前が潰れる。いいから、離れて見ていろ」

シュドナイは笑って、手にある剛槍を軽くかざして見せた。大命遂行時にのみ使用を許可される『三柱臣』専用の宝具は、［仮装舞踏会］の構成員にとって畏怖の対象である。

オロバスは恐懼して、その足を止めた。

「は……それでは、存分のお働きを」

「馬鹿言え。存分に、のんびり戦ったりしたら、ババアにどんな嫌味を言われるか――」

「来ます!」

ふん、とシュドナイは鼻で笑い、下馬した。手を振ってオロバスを追い払うと、『神鉄如意』を大きく一振り、右の脇に深く重く掻い込む。まびさしの縁に極光の輝きを映して、待つ。

戦野を疾走するカールら三人は不運にも、彼と出会ったことがなかった。その姿を視認しても、紙の兵士の中に一人目立って立つ、人型の〝徒〟程度にしか思わない。

「標的発見だ!」

カールは凶暴に笑って、刃の翼を広げる『ゾリヤー』を加速させる。もちろん、彼も世に名だたる討ち手である。不用意に仕掛けるつもりはない。

「のこのこ出てくるくらいだから、腕利きかも」

「気い付けてよー!?」

ウートレンニヤヤとヴェチエールニヤヤの言う程度には警戒もしていた。どころか、

(翼か『ゾリヤー』の衝角で一当てして体勢を崩し、背後に回って『グリペンの咆』と『ドラケンの哮』を同時に叩き込んでやる)

必勝の戦法を躊躇わず取るつもりだった。『グリペンの咆』、『ドラケンの哮』というのは、彼を乗せる鏃型の神器『ゾリヤー』の両側面に伸びる極光の翼を凝縮、流星に変えて敵に叩き込む、『極光の射手』最強の自在法である。

威力こそメリヒムの『虹天剣』に及ばぬものの、連射や誘導が自在に行えるため、汎用性は

非常に高い。『ゾリヤー』で高速移動しながら、この攻撃を連続で叩き込まれて無事だった者は〝王〟にもいなかった。緒戦で〝焚塵の関〟ソカルを討ち取ったのも、同じ戦法だった。

「いくぜ二人とも、咽喉の調子は⁉」

「いい感じよ」

「じゃんっじゃん歌いましょー！」

ただ、彼ら三人には、［仮装舞踏会］の誇る『三柱臣』が一柱、将軍〝千変〟シュドナイによる本気の攻撃を受ける覚悟が、圧倒的に足りていなかった。シュドナイはソカルと違い、油断などしていなかった。開戦当初のように、油断する状況でもなかった。

カール・ベルワルドは、仕掛けを誤った。『ゾリヤー』の突撃ではなく、最初から『グリペンの咆』と『ドラケンの哮』という最強の力によって牽制すべきだったのである。

シュドナイは、迫る『極光の射手』にではなく、己を取り囲む『レギオン』に怒鳴った。

「オルゴン！　右を伏せさせろ‼」

声を受けて、彼の右側にあった紙の兵隊たちが一斉にハラリと地面に落ちる。

「な」「えっ」「へ？」

カールらが不審の言葉を口にする前に、まだかなり間合いが開いていたはずの敵、その手にしていた剛槍が、『ゾリヤー』左の横合いからぶん回されてきた。

とんでもない、城の尖塔ほどもある大きさになって。

それは左側面にある極光の翼を見る間に吹き散らして衝突、
バガッ、
と重く硬い打撃音を戦場に響かせた。

「うぐっ!?」「ひっ!」「あっ!?」

三人は回転する天地の中で叫んだ。

数秒で、上にあった地面が『ゾリャー』にぶつかる。吹っ飛ばされ、墜落した、と理解できない。あまりな大打撃に、彼らの頭と体は痺れていた。

そんな、悠長でやわな敵の頭上に、シュドナイは膝から下だけを虎に変えて跳躍していた。

(念を押すまでもないようだが)

元の大きさに戻していた右手の剛槍『神鉄如意』に今一度、容赦のない全力を注ぎ込む。

(〝焚塵の関〟とは知らぬ仲でもない……せめて手向けに、この一撃を贈ろう)

右腕だけで大きく上に振りかぶり、振り下ろす。

「く、そ……――」

本能のように『ゾリャー』を再び走らせようとしたカールは、今わの際に、見た。

剛槍の穂先が――再び巨大化して、数十に分裂して、濁った紫色の炎を纏って、逃げる場所を寸地も与えぬ重量の雨となって――降ってくる様を。

「――――っ!!」

怖気を誘う地響きに一瞬遅れて、濁った紫色の炎が煉獄のように溢れかえった。

極光の揺らめきはその内に溶け、すぐに呑まれて、消えた。


ヴィルヘルミナ・カルメルは……〝夢幻の冠帯〟ティアマトーのフレイムヘイズ、『万条の仕手』は……常に悩み、それでも全力で戦ってきた。

恋する男を敵に回して。

彼女が、その恋する男・〝虹の翼〟メリヒムのことを、

（嫌な奴）

と思うのは、彼が全く単純であるからだった。

マティルダを愛する〝紅世の王〟は、それだけしか頭にない。心の内に他者を入れる余地を一切持っていない。彼が見つめるのはマティルダ一人きり、向き合う行為も戦い一つきり。

そんな彼だから惹かれたのか、あるいは理由などないのか。

一目、彼を見てからずっと、ただただ、想わされる――忌々しいことに。

（嫌な奴）

いっそ、利用するために近付いてきてくれれば、刹那の夢に浸ることもできた。

そうして裏切られ、捨てられれば、怒りや幻滅で諦めることもできた……だろう。

しかし彼は、ヴィルヘルミナが最初に見た、見て、恋した姿のままで在り続けた。

一途に、一人だけを、一つの行為で、ひたすらに追い続ける、その姿であり続けた。

彼は裏切らない。

彼は脇目を振らない。

彼は振り向くことはない。

だから、それでも追い続けてきた。

追い続けて、遂にここまで来てしまった。

どちらも退けない、退かせられない、戦いの場に。

彼が見つめ続けてきた女性、彼女にとって無二の友と一緒に。

(本当に、嫌な奴)

メリヒムは、このヴィルヘルミナの胸中を、全て知っている。全て知って、それでも彼女に何もしない、目も向けない、話しかけない、もちろん、振り向くことなど、到底。

マティルダも、全て知っている。全て知って、それでも自分の前進を決して止めようとはしない。立ち塞がる者が、他でもないメリヒムであっても、であるからこそ、当然。

(本当に)

ヴィルヘルミナには、この世の全てが、互いの因果で縛り合う牢獄のように思えた。分かっていても、知っていても、どうしようもないことばかりが襲い掛かってくる……否、自分から向かって行かざるを得なくなる。言い訳しようのない、自分の意思で。

（本当に、なんて世界）

彼女は全てを隠す。

仮面の中に懊悩を。無表情の奥に葛藤を。

当の相手二人には隠しきれていない、どころか見透かされているらしい。

が、それでも、隠し秘めねばならなかった。胸の内を明かして、一体なんになるのか。感情のままに咆えてどうにかなるようなら、とっくにそうしている。どうにもできないからこそ、せめての可能性、万が一、億が一の可能性を求めて、全力で足掻いているのである。

仮面と無表情を、その決意の表れとして。

（なのに）

メリヒムは、マティルダの在り様、全てに痺れている。それと真逆の無様さは絶対に見せられない。彼女のように鮮烈に、凛々しく、敢然と在らねばならない。

マティルダは、決定的な終着点に向かい突き進んでいる。それを食い止めるためには、この恐るべき『両翼』を、さらには待ち構えるアシズを、早々に倒さねばならない。

男の心を得るために、

無二の友を救うために、

ヴィルヘルミナ・カルメルは仮面を被り、戦う。

（なのに、なにも捨てられない）


二人のフレイムヘイズと『両翼』の激しい戦いは、舞台をブロッケン要塞の一端に移していた。山上に被さった王冠の突起、その一つである尖塔の周りを、双方どちらが追うでも逃げるでもなく旋回し合う。塔の途切れる先端、双方再びの激突が近い。

それに気付いて、竜の額で片膝を着き耐えるメリヒムは、眉根を寄せた。

（ちいっ、ここまで押し上げられたか）

（なんの、ものは考えよう……空に近くば、我らに利がある）

暴風の化身のように旋回するイルヤンカが、音なき声を返す。

『両翼』は改めて、マティルダとヴィルヘルミナ、宿敵二人の手強さを感じていた。彼女らは、『両翼』最大の弱点を計算に入れて、空中戦を展開していたのだった。

弱点とは他でもない、彼らの主・アシズが『壮挙』を実行中の『首塔』である。威力射程ともに無双の『虹天剣』や、大打撃力を持つ『幕瘴壁』の噴進弾は、この方向に放てない。

彼女らはその僅かな隙となっている角度を梃子に、決して近付かせまいとする『両翼』を相手に、今ある高所にまで勝負の場を持ち上げていた。

かわして攻撃、逃げて攻撃、その中、『両翼』の射線上に『首塔』が重なった瞬間、僅かに上昇——という作業の積み重ねである。尋常な集中力、状況判断能力ではなかった。付き合わされた彼らも、追い回し反撃を避ける、攻撃して敵を逃がさず、という長時間の緊張と反射と力の消耗に、いい加減疲労の色も濃い。心底から、恐ろしい敵手への畏怖が湧く。

それでもイルヤンカは、全力を振り絞る要求を、盟友に突き付ける。

（やれるな、〝虹の翼〟？）

（返答が必要か？）

メリヒムは着いた片膝に、行動の起点となる力を溜める。

四者の解放される空が、近い。

その薄霧に満ちる行く手を、紅蓮の悍馬で騎走するマティルダは険しい顔で見上げる。

（アシズを盾にする手も、もう限界ね）

（『万条の仕手』、手筈は）

アラストールが、契約者の右腕に絡んだリボンで後ろに引かれるヴィルヘルミナに訊く。

無論、返ってくる声は、いつものように平静そのもの。

（万全であります）

その鬣からは、一条の罠、秘めたる切り札が、緩く大きく細く、風に流れている。

（攪乱要求）

ティアマトーが、それの察知を阻むための、派手な攻撃を求めた。

彼女らは、この期に及んでなお、『両翼』の恐ろしさを身に染みて思い知る。

彼らの攻撃の死角、アシズの籠る塔という絶対有利な条件を得ていながら、亀の歩みのようにしか戦局を進めることができない。死角の効果を過信して迂闊な攻撃や位置取りを行えば、即座に『虹天剣』か『幕瘴壁』が襲ってくる。

覚悟や勢い程度ではカバーしようもない実力の伯仲が、彼女らの最も避けたかった消耗戦を延々、強いていた。もちろん『両翼』の狙いはそこにあるのだろう。分かっていても……そう、なによりもまずい、と分かっていても、みすみす術中にはまってしまった。

激戦に身を置いたとき特有の高揚と万能感によって、未だ疲労こそ自覚してはいないが、限界は遠からず来る。マティルダは、その確かな予感を得ていた。

（ただでさえ、『ラビリントス』の破壊で一度、全力を放出してるってのに……本当、モレクの奴ってば、よくもあんな逃げようのない罠を張ってくれたもんだわ）

と苦く思う反面、さらなる苛烈さで彼女らを襲う『両翼』の動きを冷静に分析もする。

（あの二人、大きなの、仕掛けてくるわね）

（うむ、くれぐれも警戒しろ）

アラストールは、あえて言葉で注意を喚起する。

この塔を旋回し出して以降、『両翼』は『虹天剣』も『幕瘴壁』も放ってこない。牽制程度にならば使ってもよさそうなものを、あえて封じているというからには、この先……尖った塔の先に広がる虚空で、なにか仕掛けてくるのに相違なかった。

もちろん彼女らの方も、無策なままそれを迎え撃つつもりはない。細工は流々、あとはどっちが上手く相手を引っ掛けられるか。ここが勝負の正念場だった。

遂に迎える空への散開に備え、マティルダは緊張の糸を改めて、強く太く縒り合わせる。

(さて、埒が明くのか、明けられるのか……)

(明けるのであります)

(断固)

ヴィルヘルミナとティアマトーによる立て続けの念押しに、

(そんなに信用ないのかしら)

マティルダは一人、胸の内で苦笑した。


ジャリが、『両翼』と討ち手二人の激突に備え、『五月蝿る風』で『首塔』の頂を覆う。

その内部、大天秤の上で繰り広げられる光景は、劇的な変化を見せていた。

「……感じる……」

中心には、上から、アシズの化身たる鮮やかな青い炎、古い自在式を刻んだ金属板、女性の眠る棺、と縦に三つ連なっている。

「……感じるぞ、私とティスの存在が、解けて糸になってゆくのを……」

その連なりを囲んで立ち上っているのは、複雑な文字列からなる、二重の螺旋。

ティスと呼ばれた少女とアシズ自身である、この渦巻く二つの文字列は、上に近付くに従って径を縮め、遂には青い炎の中に一点、収束している。

まるで、燃料をつぎ込まれて燃える、巨大な燭台だった。

アシズの声を受ける鳥籠と少女こと、宝具『小夜啼鳥』は、二重螺旋の燭台から少し離れた場所に、疎外されるように浮かんでいる。少女の虚ろに開いた口からは休みなく、声なき歌が紡ぎ出されていた。既に顔の下半分が、アシズによる支配の証たる紋様に侵食されていた。

「だが、まだだ……まだ、『両界の嗣子』を織り成すには、まだ足りぬ……」

もはや、アシズの声に鷹揚さはなかった。どこまでも切迫し、熱狂し、陶酔している。

ジャリの三つの面から湧き出す大声にも、僅かな力みが漂っていた。

「私の苦しみは！」「王の栄誉の前では力を失います！」「今こそ助かる道を探しましょう！」

彼らは知らない。彼らが望みを託す自在式を、監視している者が近くにあることを。

目前に見える悲願の成就には、しかし未だ無数の艱難が待ち受けている。

ゆるりとした後退を続ける［仮装舞踏会］の中央。

ヘカテーは前に並べた数個の、明るすぎる水色の三角形を同色の瞳に照り輝かせて言う。

「どの式の断篇か、おおよその目星がつきました」

「見せてもらおうか」

傍ら、皿状にした鎖に乗るベルペオルが、ようやくの報に皿を回して体ごと振り向いた。

『三柱臣』の巫女は、三角形を四つ集め、三角錐を組み上げる。それはすぐ人間大ほどに広がり、内部にアシズが『小夜啼鳥』に解読させた一方、『分解』の自在式を浮かべた。

ベルペオルは、口元に細い指を当てて考える。

「やはり、存在を一旦『分解』するための式か……しかしまた、随分と長く古めかしい。試行錯誤されていた時代のもののようだが」

「第二層基幹部、十八案目の抜粋です」

巫女の即答に、軍師は驚きを見せた。

「十八案目？　そんな古いものが実用に耐え得るのかね」

「詩篇との共振に、僅かなブレがあります。恐らくおじさまは、オリジナルの式を改変し、最低限の稼働を行えるか、実験するつもりだったのでしょう」

珍しく、ベルペオルは困った風に溜息を吐いた。

「勝手に断篇を持ち出した挙句、不用意な改変まで……頭が良いだけの馬鹿者め、今度見つけたら、少しきつい灸を据えてやらねば」

「……」

　ヘカテーは少し宙を見つめて、隣に顔を向けぬまま言う。

「〝逆理の裁者〟ベルペオル」

「なんだね、改まって」

　ベルペオルは、透徹の氷像のような横顔に、僅かな感情が揺れるのを見て取った。

「おじさまに、酷いことをしないでください」

　少女の懸念に、嘲笑ではなく苦笑とともに答え、安心させる。

「実際に痛めつけるわけではないよ。しつこく言って聞かる、ということさ。我が同胞を多く、無為な騒動に巻き込み、死なせたことくらいは、せめて反省させねばの」

　ヘカテーの頬に安堵の緩みを見つつ、ベルペオルはもう一度、密かに溜息を吐いた。

（といっても、どうせ本人には、毛ほども責任の自覚などないのだろうが）

　彼女ら［仮装舞踏会］は、大命を果たすための重要な作業を、とある〝紅世の王〟の手に委ねている。ところがこの〝王〟は、在り得ないほどに優れた頭脳と独創性を備えている半面、その場の興味や思い付きで言動や目的がコロコロ変わる、超のつく変人でもあった。

　そんな彼だったから、『大命詩篇』と呼ばれる［仮装舞踏会］秘蔵――遂行の助力を要請された彼以外は『三柱臣』しか触れたことのない代物である――の自在式の一部を外部に持ち出したのも全く他意のない、その場で思いついた名案だったのだろう。

あるいはなにか、必要な実験に使うつもりだったのかもしれないが、彼の興味は散る花弁の向き以上に移ろいやすい。一つの戦いに巻き込まれた際、彼はこれをあっさり手放し、どころか、すっかり忘れてさえいた。事の露見も、全く不用意な彼自身の告白からである。そういう、自身の何もかもに、危険なまでに自覚のない男なのだった。

ともあれ、[仮装舞踏会]がヘカテーの共振を頼りに数十年、所在を探索し続け、ようやく突き止めたとき、それは、とんでもない〝王〟の抱く宿願の重要な一部……〝棺の織手〟アシズによる『壮挙』の中核となっていた。

常はこの手の騒動には傍観を決め込むベルペオルが、『三柱臣』始め主要な〝王〟を多数集めて参戦したのは、ヘカテーを至近まで運んで、アシズの持つ式が[仮装舞踏会]から持ち出されたものであることを確認させ、また同時に始末させるためなのだった。

元より彼女らは、アシズの『壮挙』などに、なんの興味もない。[仮装舞踏会]は、独自の『大命』遂行のために動いている。

そのアシズの持つ自在式を確認したヘカテーは、今まさに、始末をしようとして、

「?」

「どうしたね、ヘカテー?」

僅かに覗いていた感情を、再び大命遂行の厳格さの奥に隠した。

「断篇は、一つではないようです」

「なんだって?」

ベルペオルの驚愕に、少女は明確な証拠を示す。

「共振のブレは、式の改変だけが原因ではありません。もう一つ、他に持ち出されていた式との相互干渉です」

全く、あの天才は、余計なことだけは遠慮なく、無数に行う。

「やはり、少しくらいは痛い目に遭わせた方が良いやも知れんの」

「……はい」

今度ばかりは、ヘカテーもかばいきれなかった。


尖塔の頂に広がる空、正反対の方向へ、二人のフレイムヘイズと『両翼』は飛ぶ。

マティルダは紅蓮の悍馬の鬣に身を伏せつつ、『両翼』の仕掛けを捉えようとして、

(さあ、どんな奥の手を――、っ!?)

驚いた。

イルヤンカが霧を巻いて反転、巨大な体をうねらせて真っ正直に追ってくる。その額に立つメリヒムは、右手だけでサーベルを握り、右足を僅か前に出して半身に構えている。

「はっ!」

笑いとも掛け声とも取れる叫びをあげて、マティルダは馬首を返した。炎の矛槍を一振りで大剣に変えて、握りを強くする。リボンで引かれるヴィルヘルミナは、なにも言わない。

双方、虚空の強風を切り、空中で、真正面から、接近する。

メリヒムは『虹天剣』を放たない。

イルヤンカは『幕瘴壁』を吐かない。

マティルダは『騎士団』を出さない。

ヴィルヘルミナはリボンを伸ばさない。

ただ、互いの敵に視線だけを差し向ける。

マティルダは最高の緊張の中、

(本当に)

眼前に迫る巨大な竜の突進を、

(本当に、なんて世界)

その額に立つ銀髪の剣士を、

(なにもかも)

睨み据えて、大剣を繰り出す。

(なにもかもが、熱く燃えてる!!)

ギッ、と音も重なる一瞬五撃、大剣とサーベルが交錯して、たちまち擦れ違った。

「――」

風の中、マティルダは紅蓮の悍馬を錐揉みさせて、巨竜の翼と尻尾を紙一重で避ける。

「――ッヒュ！」

鋭く息を継いだときにはもう、互いに大きく距離を取っていた。再び馬首を返して、止まらず大回りに、同じくこちらに向き直る剣士と竜を夜の中に捉える。

（……？）

と、夜風に大きく靡く炎髪、零れて踊る火の粉を入れる視界が、

どういうわけか、上下に揺れている。

（……なに？）

自分が肩で息をしている。そうと気付いた途端、常は薄紙程度も感じない鎧の重さが、体にのしかかってきた。息を整えようとしても、力を満たそうにも、体が意思について来ない。

マティルダは愕然として、

（なんて、ことかしら、はは）

そして笑った。この自分が、『炎髪灼眼の討ち手』が、息を切らし、疲労している……その実感に、ようやく襲われる。襲われて、しかし口にするのは別のことだった。

「さすがの『両翼』も疲れてるみたいね」

これは嘘でも強がりでもない。刃を合わせて初めて得られた実感である。

イルヤンカの突進、メリヒムの剣撃、ともに充溢する力の怒涛ではなかった。全開と同じ威力の、しかし消耗した力を振り絞った一撃だった。つまり、彼女と同じく、限界が近い。

「彼奴らにも、同じく悟られていよう」

アラストールは、彼女の言葉ではない部分に向けて、厳しく答える。

「いつまでも、手間取ってはいられないのであります」

「勝利奪取」

ヴィルヘルミナとティアマトーは逆に、焦りを声に滲ませた。

マティルダは、それでも笑って拍車をかける。

「そうよね、ここで終わりじゃないんだから」

疲れたからといって、なにが変わるわけでもない。成すべきことは山積している。死力を尽くしてしか勝てないのだから、死力を尽くすだけ。その先で待つものには、そのとき持っている全力を出すだけ。今からなにを思い煩っても意味のないことだった。

「さあ、行くわよ」

誰にでもなく、自分に言う。

紅蓮の悍馬は、『両翼』に向かって突進を始める。

「ヴィルヘルミナ、ティアマトー」

自分の右腕に絡んだリボン、その先に引かれる戦友に言う。

「なんでありますか」

「あなたたちの決め手、頼りにしてるわよ」

返事まで数秒、間が開いた。

「そちらこそ、真っ向の勝負、後れを取らぬように」

「必勝」

マティルダは返事をせず、笑うだけに止めた。

戦いの終局を目指して、紅蓮の悍馬を疾駆させる。

残った全ての力を振り絞る。振り絞って、燃やす。

（後のことは、一切考えるな……今を、燃やせ……今を、どこまでも）

力に溢れていたときには念じる必要のなかった当たり前のことを、強く念じる。

遠くから、彼女ら目がけてまっしぐらに飛んでくる巨竜イルヤンカ、その額に立つメリヒムの背に、輝く光背の如き円形の大きな虹が……〝虹の翼〟が、現れていた。

（綺麗ね――〝虹の翼〟メリヒム）

ほんの一瞬だけ、彼とヴィルヘルミナのことが脳裏を過ぎりかけて、しかし打ち払った。あの翼を広げる彼への礼儀として、彼女に偉そうに言った自分の責任として、全力を出し切る。

紅蓮の悍馬は蹄の音高く、空を一直線に翔る。

正面、イルヤンカは、遂に最後の『幕瘴壁』を翼から噴射して加速してくる。さっきのように擦れ違うことはできない。あの巨体の突進と正面から激突するしかなかった。

（なんて、敵なのかしら）

しかしこれこそ、これこそまさに、命を燃やすに値する、敵。

マティルダは自分の奥底から、また力が湧いてくるのを感じた――その力が、燃える――

全てが研ぎ澄まされてゆく――起きる事象をなにも逃さない――世界が、自分と一つになる。

メリヒムの背に輝く翼が一瞬で凝縮される。

（でかいのが来る！）

常のように、彼の『虹天剣』の発射を感じて、

（いや、何か違う）

世界と一つになった自分との、違和感を得る。

（ここだ!!）

全くの勘で、違和感から遠ざかる方向、下へと、悍馬の疾駆を大きく逸らす。

さっきまで走っていた軌道に、特大の太さを持つ『虹天剣』が突き抜けた。

（かわし――）

（まだだ!!）

アラストールが言葉でなく思考としての危機感を伝える。

気付いたとき、通り過ぎた『虹天剣』が遥か後方で、馬の避けた方向へと跳ね返っていた。

(——ッ!?)

アラストールの危機感に、マティルダは反射だけでかわした。

瞬間、

胴を傾けた悍馬の半分が、虹の激流に削りとられ、消滅した。

マティルダは傾けた馬から落馬するような形で、さらに体を投げ出している。が、それでも右足は、破壊力の余波に晒され、ズタズタにされていた。

「うっ、あ!?」

痺れる寸前の、最大の激痛が彼女を襲う。

が、それより、

(しまった——『空軍』、生き残ってたのか!)

マティルダは戦いのことを思う。

見えなくとも、『虹天剣』の反射の種は分かっていた。

宙に浮く、硝子の盾である。五日前の『小夜啼鳥』争奪戦で、彼女が殲滅したはずの……天に無数舞って『虹天剣』を自在に反射、変質させる〝燐子〟。剣士メリヒムの持つ、攻撃のための盾。その生き残りか新造かを、闇と霧の彼方に、今まで使わずに隠していたのである。

この、たった一撃のために。

それだけで十分だった。

互いが力を出し尽くした結果として現れる、危ういバランスを崩す。

勝負はそれで一気に、崩された側へと傾く。

今のように。

イルヤンカが駄目押しのように突進してくる。その翼からは『幕瘴壁』を噴出して、彼の後方に避けることを防いでいる。小回りの利かない部分はメリヒムが『虹天剣』で補う。

まさに無敵とも思える［とむらいの鐘］の『両翼』。

その二人と、マティルダとヴィルヘルミナは数十度に渡り戦い抜いてきた。

まともに当たって勝てるわけがないことは、理解していた。

だから、そのための罠を、この戦いの中で仕掛けていた。

（傷を、負ったのは、好機だ）

マティルダは、激痛の中、宙に放り出されても、そう思っていた。

（ヴィルヘルミナが、一緒だから、不用意な『虹天剣』や、『幕瘴壁』は、撃たない）

自分の右腕に絡んだリボンを、その先にいる戦友を、感じる。

（突進と剣撃で、直接、止めを刺しに、決着を付けに、来る……近付いて、来る!!）

閉じかけていた両の灼眼を、ガッと見開く。

「だあああ――っ!!」

刹那、彼女とヴィルヘルミナを取り囲むように紅蓮の炎が湧き上がり、天を焼き尽くすような規模で『騎士団(ナイツ)』が現れた。

メリヒムもイルヤンカも、これを悪あがきとは思わなかった。しかし、策らしい策があるとも思わなかった。彼女の限界が近いことを、二人は当然のように看破(かんぱ)していたのである。

突撃(とつげき)してくる『騎士団(ナイツ)』の槍隊(やりたい)を、イルヤンカは全く問題とせず、己(おの)が硬さでぶち破った。

メリヒムは無謀(むぼう)にも突き掛かってくる者らを斬(き)り伏せつつ、その奥、最愛の敵へと向かう。

猛火(もうか)の奥に、彼女がいた。

(炎髪灼眼(えんぱつしゃくがん)!!)

(マティルダ・サントメール!!)

思いと想いは正反対に、しかし力の向きは全く同じに、『両翼』は宿敵(しゅくてき)へと襲(おそ)い掛かる。

と、
その彼女がものすごい勢いで移動した。

否、
自分たちの方が、動いていた。投げ飛ばされていた。

「ぬうっ!?」

イルヤンカは、自分の体中に、リボンが幾条(いくじょう)も絡んでいるのに気付いた。

(『騎士団(ナイツ)』の展開は、これを隠すためか!)

気付いて、訝(いぶか)しんだ。

投げ飛ばして、一体なんの意味があるのか、俄かには理解できなかった。彼は、真名の通りの〝甲鉄竜〟、鎧を纏った竜なのである。どこに叩きつけられても傷一つ――

（策のあることを）

ヴィルヘルミナは紅蓮の炎の中、分析する。

（気付かれる前に、叩き落さねば）

分析して、時間が足りないと気付く。

（己が長所ゆえの油断を）

自分の投げの速度では、イルヤンカの滞空時間が長すぎることに。

（自覚する前に、叩き落さねば）

数秒ない判断の元、彼女は自分の鬣の一本を引く。投げ飛ばされて裏返る、しかし背中と同じく分厚い鱗で覆われた腹部へと、

「――はあああっ!!」

全く彼女らしくない強引さで、壮絶な両足による蹴りを叩き込んだ。

「ぬおおっ!?」

イルヤンカは驚いた。もちろん、この程度の蹴りでダメージなど受けようはずもない。ゆえに考える――彼女は無意味なことをしない――なら打撃に意味はない――それが狙いではない――この打撃によって齎されるもの――それは――自分の押し出された、先――？

薄霧の中から、さっきまで双方周囲を回っていた、巨大な要塞の尖塔が現れ、

（!!）

目を焼くほどに眩しく、桜色に発光した。

正確には、旋回する間に幾重も塔に絡み付けていた一条の細い紐。

そこに延々刻み込まれた形質強化の自在式が、発光していた。

形質の、強化――尖った、塔の。

（しまった!?）

イルヤンカは、双方でこの塔の周りを回っていたとき、既に二人が――ヴィルヘルミナが、罠を張っていたことにようやく気付いた。『幕瘴壁』を展開する間がない。

（この、加速を得るための、蹴りか!!）

ズドグッ、と不気味な音を立てて、巨竜は背中から尖塔に突き刺さった。自在法で強化された尖塔の鋭い先端が、〝甲鉄竜〟の鱗を砕き、突き破る。

「ゴアアアアアア――――!!」

ブロッケン山の虚空、広く戦場まで断末魔が轟き渡った。

「イルヤンカ!?」

さすがのメリヒムが驚愕する。

イルヤンカ、『両翼』の左は、盟友に向かって咆えた。

「離れ、ろ!!」

古竜は最期を自覚する。未だかつて破られたことのない〝甲鉄竜〟の鎧を、まさか投げを多用する『万条の仕手』によって破られるとは。常にマティルダの補佐に回っていた彼女の方が、切り札を隠し持っていようとは。油断、油断、全くの……油断。

(これだけの、自在法を、あの戦いの、内に──見、事だ!)

彼の命そのものたる鈍色の火花が、体のど真ん中、大きく開いた傷口から噴出する。巨大な槍と化した塔が、勢いを減じぬまま貫いてゆく。未だ彼の上にある『万条の仕手』が、地面に突き立てたリボンによって牽引していた。このまま下まで貫き通すつもりらしい。

(もはや、大規模な『幕瘴壁』は、張れぬ)

どころか、今にも命の火が尽きようとしている。しかし、古えより〝棺の織手〟アシズに付き従ってきた〝紅世の王〟として、無為な死を迎えることだけは絶対に受け入れられない。

(主よ、僅かの、力を……!!)

鈍色の火花を眼前に受けるヴィルヘルミナ、

「!?」

その足が、黒煙にも似た『幕瘴壁』によって捕らえられた。

同時に、イルヤンカは無理矢理に体を捻る。

「グアオオオオ!!」

強化された塔が、巨重の無理矢理な動作によって、中ほどから折れた。

「う、あ⁉」

「退避‼」

できない。執念のような『幕障壁』によって捕らえられたまま、ヴィルヘルミナはイルヤンカと折れた尖塔の崩落に巻き込まれていった。


強い夜風に土煙も薄れた尖塔の頂、折れた跡に、瓦礫の平面ができていた。

その円形の決戦場、両端に、残された二人は降り立つ。

「……やってくれたな」

メリヒムの顔に混じるものが、初めてマティルダへの愛を越えていた。

それは、紛れもない、怒り。

「お互い様、でしょ?」

マティルダは、自分の右腕に絡んだリボンに手をやって言う。

そのリボンは、地に着く前に千切れていた。

「これでも、まだ……あんな、馬鹿な約束を?」

彼女の体力は、ほとんど限界に近い。ヴィルヘルミナの投げを隠すための『騎士団』で、残された力のほとんどを使ってしまった。『虹天剣』の余波に晒された足も、ほとんど引き摺っているような状態である。

メリヒムはそれを見て取り、しかし当然のようにサーベルを構える。

「無論だ。他でもない……イルヤンカも了解済みのこと。それに、言ったはずだ。我が主は、絶対にお許し下さる、むしろお喜び頂けるだろう、とな」

「そりゃ、種族と身分を越えた恋は、あっちが先輩だし、ね……」

マティルダの笑いにも、今一つ力がない。

メリヒムは冷厳と言う。

「降伏しろ——とは言わん。おまえは絶対に、受け入れはすまいからな」

言って、既に踏み込んでいた。

「うわっ!?」

眼前、触れ合う寸前まで互いの唇が近付いていた。

飛びのいたマティルダに向けて、遠慮無用の斬撃が奔る。炎の大剣を出してようやくこれを防いだ彼女は、踏ん張ろうとした右足の激痛に顔をしかめる。

「痛っ……」

「だが、マティルダ・サントメール、愛しき女よ。おまえは結局、敗北する」

言う傍ら、流れるようなサーベルの煌きが、どんどん突き込まれてくる。

歩をまともに運べないマティルダは、必死にこれを手先の速さのみで凌いでいくが、こんな戦い方では、そう長く持たない。といって、なけなしの力による『騎士団』など出したところで、この男には毛ほどの障害にもならない。

（相当消耗してるはずなのに……やっぱり、なんて、強い！）

メリヒムは最後に一振りして、わざと鍔迫り合いに入る。

「その体力で、負傷で、もはや我が主を討つことは叶うまい」

「く——」

相変わらずの、剣を介した会話。

「我ら『両翼』と当たった時点で——敗北はもう、決まっていたのだ」

ガラ、と背後、瓦礫の落ちる音にマティルダが気付けば、塔の縁に追い詰められている。

まるで絶体絶命を絵に描いたような状況に、彼女は笑う。

「そう、かしら？」

「——」

アラストールが、なにか言おうとして、黙った気配があった。

そのことに、メリヒムは二人の間に割り込まれたような不快げな顔になった。その気分を払うように、まるで確認し直すかのように、言う。

「俺は、おまえを、愛している」

マティルダが思わず赤面するような、無茶苦茶な形での――傷ついた女を断崖に追い詰め、剣の刃越しに囁く――愛の言葉である。

「ゆえに、俺はおまえをみすみす、主の手にかけさせたりはしない。ここで止める」

「あんまり縛ると、逃げる口実にされちゃうわよ」

「構わない。俺は、逃がしたりはしない」

どうしてこれを、ほんの少しでもヴィルヘルミナに向けてくれないのか。

どうしてよりによってこれが、自分のような戦いしか知らないガサツ者に向くのか。

マティルダは深刻な、今さらの悩みに襲われた。

そのとき、不意に、

「――っと!?」

メリヒムが鍔迫り合いの力を抜いた。

呼び込まれるように数歩、痛めた足で蹈鞴を踏んだマティルダは、危うく体勢を立て直す。

（なんの、つもり?）

見た先、剣を離したときの感覚よりも少し遠い、塔の縁にメリヒムは立っていた。

そこへ向き直ろうとして、マティルダはギョッとなった。

「な!?」

もう二人、等距離を開けた塔の縁に、メリヒムが立っている。

「これは……」

振り向き確認することで、ようやく分かった。七人に分身したメリヒムが、塔の中心に立つ彼女を取り囲んでいたのである。今までに見たことのない、彼の奥の手だった。

霧を混ぜた風の中、マティルダは紅蓮の大剣を構え直す。

普段なら在り得ない、背筋の寒さを感じながら。

二人の対峙する真下、すでに元の形を留めていない塔の瓦礫に混ざって、腹に大穴を開けた竜が横たわっている。傷口から噴出していた鈍色の火の粉は、いまや僅か風に踊るのみ。

その竜の腹の下から、瓦礫を押し退けて、ヴィルヘルミナが這い出した。鬣は各所引き千切れ、盛装は白い肌を各所に覗かせ、仮面も半分以上は割れ砕けて、用をなさなくなっている。

その割れた神器から、ティアマトーが変わらない声を出す。

「容態報告」

「かなり……危険で、あります、な」

這い出した姿勢のまま、ヴィルヘルミナは答えた。体中ガタガタで、力が出ない。なんとか体を這いずらせて瓦礫の一つに辿り着き、背中を預けて座る。

(早く、体力を取り戻して、マティルダを、助けないと)

まだ、そんなことを思っていた。彼女は絶対に諦めないのである。

とはいえ、塔を丸ごと槍に変えるほどの自在法で消耗した後の重傷である。いかに治癒能力を持つフレイムヘイズといえど、そう簡単に回復はできない。しかし、それでも、できる限りのことはするのだった。友情と、愛のために。

と、そんな彼女の前で、僅かに瓦礫が音を立てた。

重く顔を上げた先、死に瀕したイルヤンカが、薄目を開けて、彼女の方を見ていた。

ボロボロのヴィルヘルミナは、死にゆく宿敵へと、自然に声をかける。

「……お別れで、ありますな」

「その、ようだ」

竜は敵意を向けるでも怨嗟の声を上げるでもなく、穏やかな視線を、ただ座った宿敵へと向ける。そのまま数秒、なにをか思ってから、深い吐息のように言った。

「……あいつは、よせ……苦労する、だけだ」

数百年からの付き合いを滲ませた、笑いを含んだ声だった。

ヴィルヘルミナは僅かに眉根を寄せる。

が、そのときにはもう、竜は彼女を見ていなかった。虚ろな瞳を宙に向けながら、僅かに開けた口から、寂寥とも悲嘆とも……あるいは恍惚とも取れる声を、僅かに零す。

「主……お先、に、参——」

まるで中身の抜けた砂細工のように、竜の巨体が崩れた。数秒持たず、鋭い牙、鉄の甲羅と鱗、長い首、太い手足、大きな翼、しなやかな尾、全てが鈍色の火の粉となって、散った。

「……」

ヴィルヘルミナは、見る者のなくなった場で、ようやく渋い顔を作った。マティルダにも、メリヒムにも、イルヤンカにさえ……他人に自分の心のなにもかもがお見通しなのは、甚だ面白くなかった。仮面まで被っているというのに。

その、アンフェアと思える全てに向けて、彼女は罵倒の呟きを漏らした。

「……お節介で、あります」

「妥当意見」

薄情なパートナーを、彼女は自分の頭をゴンと殴ることで制裁した。

(この男の強さは底なしだ)

マティルダは、今さらのように〝虹の翼〟メリヒムという敵に戦慄していた。

彼女を囲む七人の剣士は、全員同方向にサーベルを倒し、一人一色ずつ足した虹の輪を作っている。その輝きには、この土壇場に至ってなお、絶大な破壊力が満たされていると分かる。

これが収縮するのか、全方向からの照射が来るのか、マティルダには判断がつかなかった。

遮蔽物のない空に飛ぶのは間抜けのすることだろう。塔だからといって階下に潜ったら、上空に待機しているだろう『空軍』の即時反射で塔ごと粉砕される。

（どうする）

メリヒムが見せたこの自在法は恐らく隠していたのではない、変幻自在戦技無双のヴィルヘルミナと常に一緒だったからだ、相手が単独でないと、足を止めないと、こんな悠長な自在法は使えない——そう流れるように分析する。相棒のいない背中が、夜風を受けて寒かった。

（一人で何とかしないと……彼女のためにも）

決意は、しかしそれだけでは何の意味もない。起きる現象を捉え、勝機を探す。

「マティルダ・サントメール、愛する女よ」

起きる全てに気を張るマティルダへと、メリヒムの一つが口を開いた。

「最後に、言おう」

もう一つが、サーベルを鋭く、輪の中の愛する女へと向ける。

「俺は、決して手加減をしない」

別の一つ含め、全員写し身のように、同じ動きを見せた。

「俺に残された全力で、お前を倒す」

さらに別の一つの決意通りに、虹の輪の輝きが増す。

「おまえを愛し、愛されるべき者として」

中心にあるマティルダに、また違う一つが誓う。

「受け止めてくれ、愛する女よ」

次の一つの声に、行動への予兆が匂う。

「俺の、全てを」

最後の一つの言葉を切りとして、

(……)

破壊の力が指向性を持つ。

「……受け取るのは」

マティルダは灼眼を見開き、静かに呟いて跳んだ。

「好きじゃない」

前へと。

、、、、、、、、、
彼と同じく、七つに分かれて。

(な)

想定外の事態に驚いたメリヒムは僅かな間、破壊をどの点で炸裂させるか迷った。

(に!?)

そして、その迷いの内に、マティルダは企図を果たしていた。

分身と見えたのは、彼女そっくりに形成された『騎士団』。それら六つが、七つに分かれたメリヒムの間、破壊の力の塊たる虹に割って入り、自爆していた。
「う――」
塔の上に、紅蓮と虹の混ざり合った、凄まじい爆炎が荒れ狂った。
「――おおおお!!」
メリヒムは、思わずサーベルを持った手で、自らを庇う。
その、ほんの一動作を遅らせた彼は、
爆発によって分身を解いた彼は、
炎をまともに受けながらも、
大剣を振り下ろしてくる、
炎髪灼眼の女の姿を、
見た。

5　遥かな歌

紅蓮と虹の炎、力溢れる乱流によって、塔が根元からゆっくりと倒れ、やがて自重による崩落が始まった。その崩落は塔だけに留まらず、周囲の土台や胸壁も巻き込んで、大質量による雪崩となる。

濛々と上がる土煙の中、瓦礫の間を一条のリボンが直線に走って一人を掴み、少し迷うように間を空けてもう一条が伸ばされ、さらに一人を捕らえた。

先の絶叫に続く塔の倒壊は、『首塔』、要塞、裾野の戦場へと、余すところなく晒される。

その土煙と轟音から、辛うじて逃れる要塞の一郭、

「――っ！　痛う……」

崩落により覗いた岩肌に放り落とされたマティルダは、右足と、新たに刻まれた肩口の切り傷による激痛に顔を顰め、それでもまず、自分ともう一人を助け出した戦友、隣でへたり込んだヴィルヘルミナに確かめた。

「無事、だった、ヴィルヘルミナ？」

「……それは、こっちの台詞であります」

「当方軽傷」

「とても、そうは見えぬが」

ティアマトーには、アラストールが答えた。

天下の『万条の仕手』が、仮面も半分以上壊れ、鬣も千切れたのか縮めたのか分からないという、ひどい有様である。服も破れてへたり込む全体からは、常の謹直さまで抜けている。

爆発をまともに受け、右足と肩口を負傷したマティルダの方も、マントと鎧、いずれも襤褸布同然となっている。消耗が色濃く、というより隠しようもなく、表に出ていた。

しかし、そんなことよりも、とマティルダは痛む肩と右足を庇いつつ立った。その拍子に、襤褸の胸元と裾が崩れて、煤塗れの白い肌が覗く。その上に鮮血が幾筋も走った。

「――、っ」

「あまり、世話をかけさせないでほしいのであります」

心とは裏腹にヴィルヘルミナは言って、残ったリボンを幾条か伸ばした。

ほんの数秒、それが巡る内に、マティルダは汚れを綺麗に拭い取られ、純白のドレスを着せられていた。もちろん服の方はついでで、本当の目的は包帯による全身の応急手当てである。

「感謝無用」

ティアマトーに先回りされたため、マティルダは小さく頷くだけでその意を示す。純白の華麗なドレスは、時と場に似つかわしくないように思えて、しかし実際には纏う者の力により、見事なまでに瓦礫の野に一輪咲き誇った。その紅蓮の花は、すぐ傍らに目線を落とす。

遂に勝敗の分かれた長年の宿敵が、そこに横たえられていた。

マティルダと同じく黒焦げで、右腕と両足が斜めに一線、斬撃の軌跡のまま断ち切られている。溢れる力感も今やなく、零れる七色の火の粉も僅かな、それは敗者の姿だった。

「俺が、負けたのか」

その宿敵たる男、〝虹の翼〟メリヒムの、未だ声だけは熱い。敗北を受け入れられないのではない。後れを取ったことを悔しく思っているわけでもない。敗北してなお、愛する女に執着しているのである。

「ええ……わ、私の勝ち、ね……」

その熱い気持ちの中に、未だ歩みを止めようとしない自分への怒りもあることを感じて、マティルダは苦笑した。

「……〝甲鉄竜〟ともども、好き勝手やってくれちゃって……！　これから大仕事が待ってるってのに」

ヴィルヘルミナの有様にも目をやりながら肩をすくめる、いっそ気楽とすら見える彼女の姿に、メリヒムは怒りを爆発させた。

「大仕事——馬鹿な！　そんな状態でまだ戦うつもりなのか!?　無茶、いや無理だ！　その体で我が主と戦うなど——！」

叫んで、手足のない体を起こそうとして挫け、それでも叫ぶ。

「おまえはいつから自滅を美徳とするようになった!?」

今までの貴公子然とした、切迫した感情に余裕ある態度を纏っていた男の豹変に、マティルダもヴィルヘルミナもきょとんとなった。

「おまえの命と強さは、生きてこそ輝くものだ！　止めろ！　止めるんだ!!」

マティルダは、その逆上振りに嬉しさと好意を抱き、しかし憎まれ口で答えた。

「あー、もう、男のヒステリーはみっともないわよ。そんなに叫ばないで。手足斬り飛ばされて、よくそんなに大声出す元気があるわね……」

無論、そんな元気があるわけではない。無理矢理に絞り出しているのである。自分の命を、叫びと変えて。ゆえにこそ、届くと信じて。

「今からでも遅くはない！　我が主も俺も、おまえを死地に駆り立てる天罰狂いの魔神とは違う！　おまえの戦いは、かつて主も経験されたことだ！　必ず許される！　俺はおまえを愛しているんだ！　必ず守ってみせる！　愛さえあれば、全てが押し通せる！　俺と——俺と生きる道を選べ!!」

しかし、その命を賭けた言葉は、〝虹の翼〟メリヒムという男が遂に、『炎髪灼眼の討ち手』

マティルダ・サントメールという女を――彼女は他人の気持ちで止まったりしない、その生きる道は必ずしも命と重なっていないと――理解できなかったことの証として響いていた。

その悲しさ寂しさを僅かに抱いて、しかし確かに自分を愛してくれている男への敬意から、マティルダは、偽りない言葉を贈る。

「愛さえあれば？　あなたらしい言い草だけど、とんでもない了見違いよ」

彼女は他でもない、自分を最も深く理解し、最も強く愛する魔神が、ゆえにこそ、辛く苦しい道を、己に課した使命から当然のように選択し、自らに強いているのを知っている。

「私を進めているのは、私の意志よ。その先にあるものだって分かってるし、そうするしかないアラストールのことも分かっている」

そして同じく、彼を最も深く理解し、最も強く愛する自分が、その道に自分の生を重ねられていることを、幸せに思う。

「でも、だから、私はそれを選択する」

彼も、自分も、心底から望んで決めたことを、彼女は知っている。

それが、理解し合い、愛し合った結果であることを、幸せに思う。

「あなたの愛では、私は止められない。つまり今、私は、あなたを、とうとう、ふっちゃった――ってわけ」

メリヒムは、決定的な言葉に衝撃を受けて、全ての意欲を失い、静まった。観念するように目を閉じ、言う。

「――……そう、か……」

彼にとってこの所作は、自分を殺せ、と言うサインだったが、生憎とマティルダは友人思いだった。あるいは意地悪だった。常の癖として後れ毛を払い、言う。

「さて、あなたの出した条件だったわね……勝った方が相手を好きにする……ったく、女に出す条件じゃないわよね」

「……？」

メリヒムは、今となってようやく、自分の言い出した約束が、他人によっても適用され得ることに気付いた。

その身勝手な男を見下ろすマティルダには、もちろん彼を――必殺のつもりで振り下ろした大剣の致命傷を避け、あまつさえ反攻の斬撃まで放ったとんでもない男を――むざむざと殺してやるつもりなどない。彼がここにいるという幸運は、全く得がたいことなのだから。

（そう、ね）

万が一――あくまで、万が一のことがあったとき、彼にも協力して貰おう、と思う。

（ヴィルヘルミナにも、少しくらい役得があったって……いいはず）

少しだけ、彼女に対する自分の傲慢さについて考えてから、

（怒らない、よね、ヴィルヘルミナ……？）

できるだけおどけた調子で言う。

「知ってるでしょうけど、私はそういう奴には惨いわよ？　……ねえ？」

当然メリヒムが討たれるものと思い、助命強談の機を計っていたヴィルヘルミナは、目線を合わせた戦友の意図を、直感的に察した。

（なっ、あ！）

察して、激しく動揺する。マティルダがこれから口にすることは、おそらく自分が望んでいた喜び……悲しみを前提とした、喜びだった。

メリヒムの方は、自分が生かされていることに、なんの意味があるのか分からない。

（……？）

愛する女の手にかかるのならば本望と思い、しかしその死に何らかの条件でも付くのか、という程度にしか、今の自分の立場、その重要性を考えていない。

マティルダは、そんな女と男に向けて、

「二人で」

言葉をそこで切った――否、
切らされた。

黒い杭が、

マティルダの白いドレスの右胸から、生えていた。

ヴィルヘルミナとティアマトーは、それが何であるか、知らなかった。

メリヒムは知っていたが、それがなにを意味しているのか、理解できなかった。

三人ともが数秒、ぽかんとそれを見つめる。

最初に理解し、叫んだのは、アラストールだった。

「マティルダ!!」

「っ」

答えようとしたマティルダの胸で、杭の先端が開いた。

繊細な、硬く細く黒い、指。

ようやく我に返り、叫ぼうとするヴィルヘルミナ、

「――」

杭は胸から生えたのではなく、背後から突き通されたのだと知るティアマトー、

「――」

マティルダの後方、瓦礫の隙間から、一直線に黒い杭が伸びているのを見たメリヒム、

「――!!」

三人の前で、開いた指が竜巻のように回って、後ろに引き抜かれた。

がぼっ、と奇妙な音がして、彼女の右胸に大穴が開く。

「――っ」

声にならない吐息がマティルダの唇から漏れ、メリヒムの顔を、ヴィルヘルミナの手を、自身のドレスを、噴出した大量の血が、赤く熱く染めた。

くず折れる彼女を、ヴィルヘルミナは代わりに立ち上がるように、受け止めた。

(軽、い――)

酔い潰れてベッドに運んだときよりも、戦いで負傷し岩陰に引き摺ったときよりも、町での余計な寄り道を止めるときよりも、喧嘩して胸倉を掴み合ったときよりも。

(なに、この、軽さ――)

ぞっとなった。

命が、抜けていく。

戦友――ともだちの、命が。

今の、黒い手が、持って行ってしまう。

(だめ、返、して)

彼女を柔らかに横たえるや、その手の伸びてきた場所に、仮面の割れた、表情を顕にした怒りの視線を向け、跳んでいた。まるで、持ち去られたものを追いかけるように。

(返して)

　瓦礫の下から、獣の耳を生やした漆黒痩身の女が現れていた。

　笑っている。黒衣の内にある白面が、大きく笑っている。

　残った力、振り絞る、なにも、なにも、頭に、ない。

　ただ敵に、〝闇の雫〟チェルノボーグに、飛び掛かる。

(返せ!!)

　飛び掛かった一撃目、信じがたいことに、放った無数のリボンを全てかわされた。

　その黒衣の流麗な体捌きの一点で、また左腕が黒い杭として伸び、右肩を貫かれる。瞬時に引き抜かれ、肩から先の感覚を失うが、『万条の仕手』の戦闘力に本体の損傷は関係ない。二撃目、引き抜かれた左腕にリボンを絡めたが、ぐにゃりと伸びて投げを打てない。

　逆にリボンや腕の絡んだ奥から、獣の爪を生やした鋭い蹴りが伸びてくる。咄嗟にこれを捉えた瞬間、その足裏が爆発した。爆圧による大打撃を受け、リボンも千切られ、逃げられる。三撃目、離れようとする細くしなやかな影に、リボンの先を刃とした槍衾を差し向ける。

　が、その芸のない、焦りからの直線的な攻撃は、チェルノボーグの痩身に不釣合いな、右の巨腕で一撃粉砕される。リボンで捕らえても先のように伸びると判断して、一旦離れる。

(ぐ、う!)

　これら数秒の交錯を経て、ヴィルヘルミナはようやく肩の痛みを感じた。貫き通され、鮮血の噴き出す傷口をリボンで塞ぎつつ、爆発の打撃にきしむ体を躍らせて距離を取った。彼方、瓦礫の上を無音で数度、跳び渡って止まったチェルノボーグへと向き直り、攻撃に備える。

と、そこで向き合った顔に、

（――）

ヴィルヘルミナは、鏡を不意に見たような驚きを感じた。

白面に、喜びではない笑いが貼り付いている。彼女だからこそ、分かった。それが本物の表情でないと。しかしもちろん、意味を尋ねるような真似はしない。会話できるような余裕も余力も、とっくにない。相手が答えないことも分かっている。

（――仮面だ）

仮面が、仮面だと分かり合うことが、
戦いが、戦いにどれほど命を賭けて挑んでいるか感じ合うことが、
互いの間にある、全て。


瓦礫の野に倒れ伏したマティルダは、力なく地に着いた頬にまで、零れた赤い命が広がっているのを感じた。やけに熱いものだ、と、どこか呑気に思っていた。

（血、か……）

薄く目を開けた彼女は、自分の血を浴びたメリヒムが震えているのを、知る。

（たくさん、流しちゃった、な）

倒れる中、思った。

（これで、万が一じゃ、なくなった、か）

今までは、傷つき疲れたとはいえ、それでもなお、ヴィルヘルミナの言うように、アシズと死力を尽くして戦う、という選択肢が残っていた。しかし、

（これじゃ、もう私は、戦えない）

胸の、ご丁寧にも傷口を抉ってズタズタにしてくれた傷は、深かった。消耗しきった体にこの重傷では、ろくな治癒も望めない。自分自身の戦闘能力は、潰えた。さすがは『九垓天秤』の隠密頭にして世に知られた暗殺者、最高のタイミングだった。

しかし、絶命の窮地にありながら、

（人間なら即死だ……フレイムヘイズって、大したものだわ）

恐ろしいほどに、思考が澄み切っていた。

そこに、とある一つの実感が、在った。

「アラス、トール」

「マティルダ」

彼女の呼びかけの意味を知る魔神は、静かに重く、答えた。

「私、行くね」

血溜まりの中から、ゆっくりと立ち上がる彼女、その言葉に、メリヒムは唖然となった。

「なにを、している――マティルダ・サントメール!?」

メリヒムは、それでも行こうとする彼女が、冷静な判断力を失っていると思った。自分の葬ってきた無数のフレイムヘイズらの最期と、その立ち上がる姿が重なる。

「まさか」

契約者と深い友誼を結んだ〝紅世の王〟が、しばしば行う最後の悪足掻きの手段があることに気付いて、彼は焦った。

「まさか〝天壌の劫火〟を、顕現させるつもりか」

その手段とは、『契約者の死、直後の顕現』――つまり、己を容れていた器＝契約者を破壊された〝王〟が〝紅世〟に帰らず、契約でこの世に縛られた身のままで顕現し、残された〝存在の力〟の枯れるまで戦い、死ぬ――というものである。

メリヒムは、厳然たる理屈で、その無駄死にを止める。

「無駄だ！　持って一瞬だ、何の意味もないぞ！」

普通に考えるのなら、彼の言うことは全く正しかった。最後の顕現という手段を採るには、〝天壌の劫火〟アラストールの存在は、あまりにも大きすぎるのである。

そもそもこの手段は、内にある〝紅世の王〟が大きいほどに、意味がなくなる。人間を喰らい〝存在の力〟を得る、という準備段階を経ずに強大な存在を顕現させるのは、薪のない大火を燃やすに等しい。この世に縛られた大火は、その場ですぐに燃え尽きる。

ゆえに当然と言うべきか、この無茶な自殺行為を行う〝王〟は、ほとんどいない。〝徒〟の間でも、この行為は、自己防衛を無視した暴走として捉えられていた。

アラストールがその手段を取ったとしても、メリヒムの言うように、一瞬持てばいい方である。彼は他の〝徒〟とは違う、〝紅世〟真正の魔神なのである。顕現の成功すら怪しい、あるかどうかも分からない一瞬で、〝棺の織手〟アシズという世に聞こえた自在師を――『都喰らい』によって得た〝存在の力〟を未だ莫大な量押さえる存在を――仕留められるわけがない。

もしそれが、彼女の前進を支える希望、アシズ討滅の切り札なのだとしたら、無謀にも程があるというものだった。

(まさか)

とメリヒムは焦った。

(その暴走によって、愛に二人、殉じるつもり、なのか)

あるいは自分こそが欲していたかもしれない終焉の姿を、この二人が演じ、消える。

その妄想に、男としての猛烈な嫉妬と憤怒が湧き上がった。

「そんな方法は博打とすら言えん――! ただの自暴自棄だ!!」

必死に、理屈と感情、双方から制止する。

しかし、マティルダは答えなかった。

ただ一息、胸の重傷へと必死に、残った〝存在の力〟を集中させ、呼吸を整える。できるだけ強く、彼に、これからの誓いを求めるために。

「さっきの、続き、やり直すわ」

「……な、に？」

訝り、自分を見上げるメリヒムに、マティルダ・サントメールはもう一度、息を吸い、力を満たして、口を開く。

「約束は三つ。もう人を喰わないで。もう世を騒がすことはしないで。私の後に現れる『炎髪灼眼の討ち手』を、私の愛のために可能な限り鍛えて。約束破ったら酷いわよ？」

「なにを、言っている？」

暴挙に反駁しようとしたメリヒムは、彼女の言い分に咄嗟の返答をし損なった。

（二人一緒に、死ぬつもりでは、ない……？）

メリヒムは、まずそのことに奇妙な安堵を覚え、そして、さらなる深い疑問を抱く。

最後の顕現を行うつもりもないのに、このまま主の元に向かうつもりなのか。それなら本当に、ただ殺されるだけではないのか。その行為に一体なんの意味があるのか。

（──「もう人を喰わないで」──「もう世を騒がすことはしないで」──？）

なら、なぜ今すぐに、自分を殺さないのか。〝紅世〟に帰れ、二度とこの世には来るな、と言うのなら、まだ分かる。自分をこの世で生かしておく、その意味が全く分からない。

（――「私の後に現れる『炎髪灼眼の討ち手』を、可能な限り鍛えて」――？）

在り得る話ではない。フレイムヘイズとは〝紅世〟の側から探すものである。もし、彼女が仮に――あくまで、もし、仮に、だが――死んだとしても、新たなフレイムヘイズの探査と選定は当然、〝紅世〟に帰ったアラストールが行う。この世に残れと一方で言い、もう一方でフレイムヘイズの鍛錬を望むとは、矛盾というにも程があった。アラストールが見つけた新たな器を鍛えることに、意味でもあるというのか。

（なぜ、そんな迂遠なことを）

ある可能性――他でもない、自分たちの主〝棺の織手〟アシズが、契約者の死に際して行った、周囲の人間を喰らい尽くして行った、再召喚の自在法――を思う。

しかし、これも在り得ない。

その方法は、アシズが並外れた自在師であったからこそ成功した神業、周囲に多数の人間がいたからこそ起きた奇跡だった。アラストール自身は、自在師と言うほどに器用ではなかったし、人里離れた山中にあるブロッケン要塞の周囲には当然、喰らうべき人間もいない。

（いるのは、我らの同胞だけ――）

ふと、

（――）

自分がなにかを知っているような気がして、メリヒムは戦慄を覚えた。

（――？）

その彼に向けて、血に染まったドレスを纏った紅蓮の女は言う。

「生憎と、あなたを運んであげられるだけの余裕が、私にはないの。腕は一本残ってるし、這ってでもいいから『天道宮』まで辿り着いて頂戴。幸い、この下の方に落ちてる」

「なん、だと？」

今さら『天道宮』に行ってどうするのか、求めの意味を理解できない彼に、まるで、駄々っ子に言い聞かせるように、あるいは刹那、恋人に求めるように、彼女は言う。

「誓いは、せめて、守って」

「……」

その初めての感覚に陶然となった彼の前で、しかし、やはり、女は燃え上がる。

瞬間、右腕に紅蓮の炎が広がって、盾となる。

ババッ、とその表面で炎弾が、より強力な彼女の炎に呑まれ、僅かな火花を散らした。

紅蓮の大剣が現れ出で、黒いマントが血染めのドレスを覆う。

最後まで戦いの姿を彼に見せて、『炎髪灼眼の討ち手』マティルダ・サントメールは笑う。

「本当、敵は嫌って程、有能ね」

いつしか、睨み合うヴィルヘルミナとチェルノボーグ、倒れるメリヒムと立ち上がったマティルダを遠巻きに囲んで、〝徒〟が多数、崩れた要塞から現れていた。

チェルノボーグは、『ラビリントス』の崩壊した後、要塞内を駆け回って、残った守備兵をかき集めていたのである。

(痛っ……やっぱり、振れない、か)

握るだけでも辛い、重さのない大剣をそれでも握って、マティルダは力を絞り出す。応えて、彼女とメリヒムの周囲に、紅蓮の軍勢『騎士団』が出現した。

「なっ……!?」

信じられない、あれだけの消耗と負傷を超えての力に、メリヒムは恐怖した。現れた力自体にではない、なぜ、こんな力が溢れているのか、にである。

なにか、彼女は取り返しのつかないものを削っている。

その冴え冴えとした顔に向けて、メリヒムは引き止めるために叫んだ。

「よせ、マティルダ・サントメール！　おまえはもう剣を振れないんだぞ!?」

驚くことも反発することもない、当たり前の事実に、マティルダは頷く。

「そうね。剣は、振れない。でも、もう私自身が戦う必要はないのよ……〝棺の織手〟の前まで、私という器を持っていけばいいだけなの」

やはり、無謀な〝天壌の劫火〟一瞬の顕現に賭ける気なのか。では、先の奇妙な約束、『炎髪灼眼の討ち手』を育てよ、とはなんだ。それに、『天道宮』まで辿り着け、という

(!!)

メリヒムは愕然となった。

たった一つ、あったのである。

マティルダの……というより〝天壌の劫火〟アラストールの、採り得る手段が。

「馬鹿な」

最初に感じたのは、魔神〝天壌の劫火〟に対する、〝紅世の徒〟としての生の恐怖。

「あれを」

次に感じたのは、主が討滅されるという、［とむらいの鐘］の一兵士としての恐怖。

「あの儀式をこの世でやるつもりなのか!?」

その次に感じたのは、彼らの『壮挙』が潰えるという、『九垓天秤』の一角としての恐怖。

「在り得ん、聞いたこともない！　〝天壌の劫火〟、貴様、なんという――!!」

マティルダの確実な消滅への恐怖は、最後だった。

いつの間にか、彼女の死を受け入れつつある、その焦りとともに彼は止める。

彼女の行動を。主の殺害を。宿願の破壊を。

なにより、自分の愛の喪失を。

「止めろ！　なぜ、なぜおまえを、他人の犠牲にせねばならん！　おまえは俺のものだ！　許さない、俺は許さないぞ、マティルダ・サントメール!!」

「もう、本当、最後まで黙らない人ねえ、ヒス持ち血塗れのハンサムさん。最後の勝負、キッかったけど、楽しかったわ……」

マティルダは、それでも行う者として、苦く笑う。

周囲で、『騎士団』が剣を振り上げていた。

その意図に気付き、メリヒムは別れを拒む。

「待て――待ってくれ!!」

「いやよ、待たない。さよなら、なの」

マティルダは苦さに別のものを混ぜて、笑いかけた。その声を切りとして、『騎士団』が一斉に、振り上げていた剣を地に突き立てた。紅蓮の火花が走って、岩盤が崩落する。

「マティルダ――――ッ!!」

「〝虹の翼〟メリヒム、さよなら――」

メリヒムの視界の中、紅蓮の悍馬に跨るマティルダ・サントメールの姿が、遠ざかる。

遠ざかって、二度と戻らなかった。


崩落の轟音がまだ残る中、一旦離れてから微動だにしない二人、ヴィルヘルミナとチェルノボーグの頭上を、紅蓮の流星群が飛び越えた。『騎士団』から放たれた火矢である。包囲から突撃に移ろうとしていた要塞守備兵の前にそれは着弾して、炎を撒き散らす。

火の粉、紅蓮の欠片が、二人の間にひとひら入った刹那――双方が動く。

『万条の仕手』ヴィルヘルミナ・カルメルは火の粉を相方として、前へと優雅に流れる。

〞闇の雫〞チェルノボーグは自身の影、真下へと、黒い水と化したかのように消える。

ヴィルヘルミナは、敵の溶け込んだ影が薄れて消えるのを見る。考える間はなかった。長い年月を戦い抜いてきた討ち手としての勘、そして舞い手としての興趣に従い、踊る。

周囲に溢れる炎に連れて伸びる影、彼女の真下から、細い杭とした左腕を先端に、チェルノボーグが飛び出した。

「!?」

黒衣の内にある白面が、自分の真上にある標的、その姿態に目を見張る。

桜色の火の粉を花弁のように舞い散らし、『万条の仕手』が宙を、逆さまに踊っていた。

毛ほどの躊躇を経て伸びた左腕が、それを丸ごと包み込むリボンの渦に巻き込まれ、捕縛される。間を置かずに爆発、左腕が消し飛んだ。

しかしそのとき、チェルノボーグはすでに、

「――ゴッ、ハ!?」

ヴィルヘルミナの腹へと、右の巨腕による拳撃を叩き込んでいた。捕らえられた瞬間に、左腕を切り離していたのである。左肩から先は、粘土を千切ったように細く途切れていた。

太い爪を突き刺さず殴ったのは、リボンに捕らえられる間を極力なくすためである。衝撃を

十分に伝えた拳は瞬時に引かれ、その反動のまま一回転、腹に一撃を喰らって身を屈めるヴィルヘルミナの脳天に振り下ろされる。

ガガンッ、と拳撃と地に叩きつけられた打撃音が、ほとんど重なって起きた。

(とどめ、だ!)

地を跳ねる獲物の真上から、チェルノボーグは必殺の両足蹴りを落とす。と、その両足がリボンに捕らえられた。意識があることさえ驚異の敵に、先と同じく足裏を爆発させた——

「!!」

——瞬間、両脛から下が吹き飛んだ。

己の、枯草色の炎で。

激痛以前に事実を確認したチェルノボーグは、勝機が去ったことを、知った。

(不、覚!!)

地に落ち、ゴロゴロと転がる中、ヴィルヘルミナのリボンが足先を包む球状に編み上げられていたこと、そこに反射の自在法が張り巡らされていたことを、瞬時に看破する。よりにもよって『戦技無双』に同じ手を二度使ってしまった、熱くなっていた自分の愚かさを呪う。

(そうなんだ、私は馬鹿だから、おまえが——)

「——ッシュ!!」

呪いつつ体を捻り、吹き飛んだ脛ではなく、硬い膝を地に打って再び飛び掛かった。

立ち上がったヴィルヘルミナは、この執拗に襲撃する痩身を間一髪、リボンで受け止めた。

(細すぎる)

その違和感を抱いた刹那、自分の真下、影の中から現れた巨腕に、貫かれた右肩から先、腕を丸ごともぎ取られた。ブチブチと嫌な音がして、異様な喪失感に襲われる。

「あ、ぐっ!!」

飛び掛かったとき、チェルノボーグはすでに巨腕を影の内に潜らせていたのである。

突き上げられた巨腕が反転し、真上からヴィルヘルミナを引き裂く――

「――っ!!」

――寸前、リボンに捕らえられたチェルノボーグの本体が焼き砕かれた。

眼前で起きた爆発に、自らも吹き飛ばされ、倒れたヴィルヘルミナは、瞼の内に、不思議な残像が残っているのに気付いた。

それは、暗殺者の白面に浮かぶ、微かな、本当の笑み。

「まさ、か?」

戦塵に塗れた妖花が、唇を震わせて言った。

「……紅蓮、だあああ」

戦場の一角に聳える先手大将〝巌凱〟ウルリクムミは、戦塵に塗れた傷だらけの巨体を僅かに反らし、暗い空を仰いだ。

戦場にあった［とむらいの鐘］、フレイムヘイズ兵団双方は、先刻夜を突いて轟いた断末魔によって『両翼』の左、〝甲鉄竜〟イルヤンカの死を知った。

そして今また、要塞の一郭の崩落とともに『両翼』の右、〝虹の翼〟メリヒムの『虹天剣』が、ぱったりと途絶え……今、紅蓮が輝くのを、見た。

無敵と思えた『両翼』が、［とむらいの鐘］の威信の象徴たる二人が、討たれた。

それは深刻な士気の低下となって［とむらいの鐘］を不利に追い込むだろう……『壮挙』の危機という大局的な見地ではなく、あくまで軍勢を預かる先手大将として、ウルリクムミはそう事態を捉えた。

案の定、妖花が不安げに尋ねる。

「進退は、如何に？」

「やることはあああ、変わらぬううう。主の元にいいい、同胞殺しどもを引き入れるわけには行かぬわあああ」

彼は、素早く判断を下す。

「北にいいい、用意していた攻勢のための部隊をををを、中央軍の維持に回すううう。ベルワルドの残党どもををを、一気に打ち砕く腹積もりで攻めかかるのだあああ」

「退いた北の敵を追わない、と？」

妖花は驚いた。

北から攻めかかっていた『震威の結い手』ゾフィー・サバリッシュ率いるサバリッシュ集団は、中央軍の攻勢による半包囲を避けるため、大幅に部隊を後退させている。

また、彼らの在る中央軍正面の敵たるベルワルド集団は、その指揮官『極光の射手』カール・ベルワルドの討ち死にもあって、もはやその陣列は、敗走寸前なまでに崩れていた。

つまり［とむらいの鐘］は（〝焚塵の関〟ソカルの喪失を除けば）有利な情勢下にある。

これを勝機と見たウルリクムミは、敵本隊であるサバリッシュ集団を一気に叩いて戦局を決すべく、自らも含めた追撃部隊を編制中だった。その虎の子の軍勢を、もはや敵し得ないベルワルド集団に向けるのは、無駄遣いではないか、と妖花は思ったのだった。

しかしウルリクムミには、また別の考えがある。

「まずもってえええ、士気を維持せねばならぬううう。必殺の機に繰り出す槍もおおお、赤錆の塊では意味なきことだあああ」

局地的なものでいい、圧倒的な優勢を作らねばならない。『両翼』の死、という事態は、単なる戦力の減衰ではない。戦場で戦う［とむらいの鐘］の〝徒〟たちにとっては、自分たちの後方で起こる事態への不安、来援が来ないかもしれないという孤立感、『壮挙』の失敗という大義喪失への懸念等々……士気崩壊を齎す災厄、兵士にとっての病魔なのだった。

これを払う唯一の方法は、一時の錯覚であっても、勝利を実感させることだけである。そうして、とにかく『壮挙』実現までの時間を稼ぐ。後の戦況……誰が生き残り、誰が来援に現れる等は、今は考えない。手持ちの戦力で最善を尽くすのみだった。

不幸中の幸いと言うべきだろう、総大将たる『震威の結い手』は、『極光の射手』の討ち死にによって、行動を鈍化させている。彼女にまで万が一のことがあれば、士気が崩壊するのはフレイムヘイズ兵団の方なのだから、これは当然のことだった。彼女とその部隊は当面、「とむらいの鐘」中央軍の攻勢を阻む要素とはなり得ない。

（有利不利は一概に言えぬううう、我らは主の命を遂行するのみよおおお）

もちろん、ウルリクムミは、これらの打算を表には出さない。大きく戦場に響かせるのは、皆を焚きつけ勇気付ける大音声のみである。

「我らはこれよりいいい、中央軍正面の敵を撃砕するううう！　踏み潰せえええ!!」

返ってくる怒号は、随分小さくなっていた。

アシズの青き炎、自在法の金属板、ティスを横たえた『清なる棺』——それらを囲む二重螺旋からなる燭台は今、アンバランスな形態へと変貌していた。

立ち上る、アシズとティスの存在を解いた二重螺旋。その収束点たる炎が、『首塔』頂の空洞を埋めんばかりに膨れ上がっていたのである。

アシズ自身でもある炎の中心には、青き中にもより青き輝きが、静かに脈打っていた。

(たった一人を織り成すために、これほどを、費やすのか)

高名な自在師として知られた〝棺の織手〟は、まさに身を震わす思いで、積年の願いたる、契約者・ティスとの融合体『両界の嗣子』を生成していた。

かつて『都喰らい』で得た莫大な〝存在の力〟の、数割もの量。友にして仲間、部下にして同胞であった『九垓天秤』ら、戦場にある者たちの稼ぐ時間。そして、彼らの命。全てを捧げてなお、この新たな存在は貪欲に全てを求めていた。

後悔は、欠片もない。

あの喪失の日以来、この時のためにこそ、彼は生き続けてきたのだから。

ただ、恐ろしかった。

供物と言うにはあまりに膨大すぎるものを、この子は喰らい続けている。

しかし、心地よくもあった。

(ティス……そなたの夢は、かほどに、大きかったのか……)

そんな夢を互いに抱いたことが、心地よい。

(──「アシズ様」──)

決して様と付けることを止めなかった、愛しい娘。この世を荒らす〝紅世の徒〟を討つべく渡り来たアシズ、まだ〝冥奥の環〟と名乗っていた彼を、天の使いだと信じていた、娘。

（――「とても不遜な、夢を、見ていたのです」――）

転寝から覚めた娘は、旅塵に塗れた頬を擦って笑った。

あのとき自分が、その後の全てを決めてしまう問いを、どういう言葉で発したのか、アシズはよく覚えていない。申せ、の簡素な一声だったか、教えてくれ、と優しく言ったか……。

今は、答えだけが、心に響く。

（――「お怒りに、なりませんか」――）

何度もそう念押しして、彼女は言った。

（――「あなた様の子を授かり、ともに穏やかに暮らす、そんな夢です」――）

と。

それは無理だ、と大笑いしたはずである。

なぜなら、彼女の全く怖くない膨れっ面を、その言葉を覚えている。

（――「お、お笑いになられるなんて、酷うございます！」――）

随分と怒らせてしまい、しばらく使命に障った。

その時は、彼女がどれほどの想いを込めて自分への言葉を紡いでいたのか、全く理解できていなかった。そんな己の愚かしさが、悔恨とともに心を締め付ける。

彼女の想いの丈を知ったのは、自分も同様に想っていたと気付いたのは、

(――「……お許しください、アシズ、様……いつか、と夢見て、いました……」――)

全く思いがけない、死を迎えた時。

(――「……あなた様と、私と、子供たちで、暮ら……」――)

なにもかもが、遅すぎた。

呼びかけても、叱っても、答えなくなってから。

彼女そのものたる、己を容れる器の割れる感覚に恐怖し、必死にその崩壊を喰い止めた。自身の〝紅世〟への帰還も、一時的な顕現による復讐も、彼女を崩壊させてしまう。だから、周りの人間どもを全て喰らった。その力によって、彼女という『ただ一つ心通じた場所』を基点にして、己を強引に再召喚した。彼女の棺を守り、抱いて、顕現した。それを許さないという追っ手を焼き尽くし、自分にこうさせた全てを憎み、延々挑んでくる者らと戦った。

棺の内に封じた、ティスを復活させるための放浪が、始まった。

襲い来る敵と戦って生き延び――残された秘法を学び尽くして――この世にある術を法を隅々まで浚って――あらゆる試行錯誤、実験を行って――しかし、死だけが払えない。

そうした彷徨の内に、

(――「御身は、なぜ泣かれているのか?」――)

鎧の竜が尋ねた。

(――「恩義に報いるためぇぇぇ、我が身命ををを、主に捧ぐううう」――)

鉄の巨人が誓った。

（──「なにを手に入れたいのか」「差し出せと言うのか」「厚かましき者よ」──）

奇妙な卵が騒いだ。

（──「私如きを、必要と仰る……？」──）

牛骨の賢者が震えた。

（──「喧嘩、できるんだろう？」──）

牙剝く野獣が唸った。

（──「私は欲しいだけなのだ、私を振るう腕が」──）

氷の剣が求めた。

（──「相応の代価は、頂けるのでしょうな？」──）

石の大木が笑った。

（──「氷の助太刀も、また一興」──）

黒衣白面の女が呟いた。

（──「いいだろう、見せてくれ、貴公の世界を」──）

虹の剣士が頷いた。

いつしか、自分が求めるものを他者も認め、助力してくれるようになった。自分が進む道をともに歩いてくれるようになった。払えない死に懊悩していた眼前に、ティスが最も望んでいた願いを叶える力が、金属板の形で現れた。全てがその実現に向かって動き出した。友らがそれに応え、彼の願いは様々な名目、飾り、大義を纏い、膨れ上がった。

誰も、なにも、一切捨てなかった。ときに傷つき、あるいは病み、または逸れていた、彼らの手を取り、包み、自分の願い、大義という名目に寄り添わせて、一緒に進んだ。

まるで、子らを育むように。

それらの歩みが今、一つずつ剝がされ、元の姿に戻りつつある。

結局、たった一つの願いだけが、残されていた。

（――「……あなた様と、私と、子供たちで、暮ら、す……」――）

この、たった、一つ。

自分に叶えられる、ひとかけら。

（十分だ、十分だとも）

彼女とともに在る別の形、かつての自分が笑った在り得ない命、その誕生。

（この願いさえ、あれば）

そのとき――二重螺旋が、途切れた。

要塞内部、天井高く幅も広い伽藍を『首塔』に向けて、『騎士団』は進撃を続けていた。悍馬の蹄、差し向けられる矛槍、放たれる矢、全てが紅蓮の炎で練られた軍勢は、追いすがり迎え撃つ要塞守備兵を蹴散らし、決して速度を緩めない。

ただ、その総数は『ラビリントス』の中にあったときよりも遥かに少なく、常に先頭にあったマティルダも中央で守られている。彼女を襲う者は悉く、紅蓮の騎士たちに斬り伏せられ、また同じ馬に跨り、後ろから抱くように守るヴィルヘルミナに縛り殺されていた。

「ありがとう……ヴィルヘルミナ」

「……」

自分の前、紅蓮の鬣に身を伏せるマティルダに、ヴィルヘルミナは返事をしない。

彼女の右腕はチェルノボーグにもぎ取られて、ない。時を長くかければ再生もするはずだったが、今はただ、肩に包帯代わりのリボンをきつく巻きつけるのみである。

騎走する伽藍の先に、冷たく湿っぽい、夜風が巻いた。

出口が、近い。

「本当言うと、止められると思ってた」

「……」

また、黙ったまま。

単なる様式の修復に力を使うのが惜しいのか、神器〝ペルソナ〟は割れ砕けたままだった。

代わりに、もう一つの仮面たる無表情で、その顔は覆われている。

紅蓮の『騎士団（ナイツ）』は伽藍のアーチを抜けて、『首塔（しゅとう）』周りの庭・内郭（ないかく）に出た。庭と言っても芝生（しばふ）が生（は）えているでもない。ひたすら閑散（かんさん）とした、石畳（いしだたみ）と岩肌（いわはだ）ばかりの平面である。

「……」

「……もし」

マティルダが沈黙（ちんもく）してから、ようやくヴィルヘルミナは口を開いた。

「もし、あなたを無理矢理（むりやり）に止めて、なにもかもが敵の思い通りとなったら」

その後ろからの、片腕の抱擁（ほうよう）に、より強く力を込める。傷に障（さわ）る寸前（すんぜん）まで、強く。

と、そんな彼女らめがけ、伽藍の屋根から数人の〝徒（ともがら）〟が飛び降りてきた。周囲の岩陰からも同時に、異形（いぎょう）の一団が一斉（いっせい）に飛び掛かってくる。守備兵最後（さいご）の足掻（あが）きだった。

彼女らを守る『騎士団（ナイツ）』が、矛槍（ハルベルト）を針鼠（はりねずみ）のように立てて、これを次々と串刺（くしざ）しにしてゆく。

数人、中央の二人へと飛び掛かるが、

「敵も味方も、我々のことを嘲（あざけ）るでありましょう」

小さく心情を吐露（とろ）するヴィルヘルミナは、全く無造作（むぞうさ）にこれらをリボンで捕らえ、

「あなたを生かせるのなら」

ぐるぐる巻きにして、爆殺（ばくさつ）する。

「ただ、それだけが叶（かな）うのなら……あるいはその道を選択することも、あったのでありましょう。でも、もう、それすら……」

桜色の火の粉舞い散る中に浮かび上がる無表情は、必死に理性を保とうとする彼女の葛藤、そのものの姿だった。

「今、止めても、あなたは私の腕の中で抗いながら、無為に死ぬだけなのでありましょう」

片腕による抱擁も、同じ。決して留め置けないものを、せめて今だけは、と抱き締める気持ちの表れだった。

「なら、せめて、一緒に在りたい。一緒に生きることが叶わずとも、一緒の道を進むことは、私次第で、まだ、ずっと……」

「……」

その言葉でなにをか確かめ終えたのか、二人を乗せ、走っていた紅蓮の悍馬が、消えた。

「あっ――」

「……もう、ここまででいいわ」

そしてマティルダは、とうとうヴィルヘルミナの手から、離れる。

二人は横たわる〝徒〟の屍を揃って踏み、その火の粉と散る中に着地した。

彼女らの前に、遂に辿り着いたブロッケン要塞の『首塔』が、夜風の中に聳え立っていた。

この周囲を守っていた〝凶界卵〟ジャリの『五月蝿る風』も、今は見えない。

「あとは私とアラストールがやるから」

決別を口にする『炎髪灼眼の討ち手』は、いつしか大剣と盾を、両手に現していた。まるでそれが、自分の完全な姿であるかのように。

ヴィルヘルミナはなにもかも、なにが分かっていても、言わずにはいられなかった。考える前に、口を開いていた。

「まだ――」

が、マティルダは、

「ここから先は、一緒でも意味がない……」

押し被せるように言って、ことさら馬鹿にする風に笑った。

「分かってるくせに、らしくないわね。いつからそんなに他人に深入りするようになったの？」

彼女はヴィルヘルミナを、常の冷静な戦友として扱っている。自分がいなくなる、その心の準備を、別れる仕度を、させている。

「――」

ヴィルヘルミナが気付いて、言う前に、

「もう、左右『両翼』も落とした……あいつも、これで終わりよ」

また、フレイムヘイズとしての、決意の言葉が塞いだ。

ならばと、フレイムヘイズとして、自分たちの話として、訊く。

「……その〝虹の翼〟を、なぜ生きたまま、あのような」

「ふふ、いいじゃない。我ながら意地悪な物言いだけど、彼は絶対に誓いを守ってくれるわ」

マティルダは、本当に意地悪に笑う。

メリヒムに対しても、ヴィルヘルミナに対しても。

「それに、私たちの本当の標的は、あいつ……でしょう？」

その見上げる先、天井の開いた『首塔』の内に、鮮やかな青い光が透けて見える。

〝棺の織手〟アシズの御座所である。

「私たち、でありますか。人を疎外して、一人だけ死にに行くというのに、随分と勝手な物言いであります」

ヴィルヘルミナは意地悪へのお返しとして言った。

その言葉に声に、心の張りが少し戻ったのを感じて、マティルダは満足した。『首塔』の頂を見上げたまま、自分の向かう場所を見上げたまま、言う。

「別に、死にに行くわけじゃない――駆け抜ける命が、あそこで尽きるだろう、ってだけのこと。死ぬのは、ただの結果よ」

「詭弁」

「結果の後始末をさせられる側の身にも、なってほしいのであります」

そんな、〝夢幻の冠帯〟と『万条の仕手』、二人とのいつもの会話を、マティルダは心に染み込ませるように楽しんでいた。

「後始末、か……『炎髪灼眼』のことは、とりあえず〝虹の翼〟にも頼んどいたし……なんとかそっちで、ねえ、アラストール？」

「む」

責任を誰よりも感じている彼は、やはり言葉少な。この生真面目さも、いつも通り。

と、そんな彼女に、いつも通りであろうとするヴィルヘルミナが実務的に話を切り出す。

「なら私が、その主導を務めるのであります」

「えっ、あなたが？」

マティルダは不意を突かれた。今まで、この話題にはお互い極力、触れないようにしてきたので、当然ヴィルヘルミナはこの件には全く関わっていなかった。

「どうせあなたのこと、その辺りの具体的な指示はなにも定めぬまま……そう、ゾフィー・サバリッシュに口約束で軽く頼んだ程度でありましょう」

「……」

図星だった。さすがに良く分かっている。

「承諾要請」

「……」

「私以外に、適任は存在しないのであります」

その決意の姿に、

「……本当、らしくない……」

マティルダは、なにも誤魔化さない微笑で答えていた。

暴威渦巻く戦場での、取り付く島のない姫君との出会い。足を引っ張り合いつつも一緒に戦った最初の頃。彼女の想い人を知り、大喧嘩して別れた後の寂しさ。すぐに再会し、背中を合わせたときの絶大な安心感。そして、激戦の血流で、いつしか編まれた信頼。

全てが巡り巡って、お互いに、この姿に辿り着いた。

「……そうね、あなたたちだから、最後まで甘えるわ」

全てを託せる者を得られた歓びの中、彼女は自分の左手にある指輪に視線を落とす。

「この、厳しさでしか他人に当たれないくせに、本当は優しくて優しくてたまらない、可愛らしい大魔神に、新しいフレイムヘイズを見つけてあげて」

見つめ返されているのを感じて、そのたおやかな指を強く握る。

「私は、これから行くけれど」

全身を虚脱感と激痛に苛まれながらも、強く、強く。

自分を誇りとしてくれる友らに、情けない姿を残していきたくなかった。

「この人は、こ、こ、こんなことじゃ絶対に挫けないし、諦めない。そんないい男に相応しい、完全無欠のフレイムヘイズを見つけてあげて。男を残して死ぬ女の……これが最後のお願い」

言うやマティルダは、痛みを全て無視してヴィルヘルミナを力強く抱き締め、一瞬でポンと突き放した。

「背中を預けるのに、あなたたちほど安心できた戦友はなかったわ」

その預け続けた背を、最後まで向ける。

「さよなら、ヴィルヘルミナ、ティアマトー。今までありがとう……」

最後まで強く在ろうとする後ろ姿を残して、舞い上がる。

「あなたたちに、天下無敵の幸運を」

「あっ……」


金属板に刻まれた、細かい直線からなる文字列が輝いている。

僅か前まで稼働していた『分解』は、黒く文字を焦がして沈黙し、今はもう一つの文節、『定着』へと、輝きは移っていた。

炎と金属板と棺、三つからなる燭台の周りを囲んでいた二重螺旋は消えている。必要量を満たしたアシズとティスの存在は、炎の中で凝集されるように輝きを増し、鼓動を強めている。

全く新しい存在『両界の嗣子』が、まさに結晶となってこの世に現れようとしていた。

その鼓動と結晶を抱き巨大化したアシズの炎が放つ光によって、『首塔』の頂、『九垓天秤』の間は凄まじい青一色の世界と化していた。

その中に、違う色が一点、煌く。

「——ガヴィダからの言伝、やり直すわ」

「……来たか」

声とともに、アシズの炎が重く揺れた。

青い世界に侵されない、その確固とした煌きは、メリヒムの『虹天剣』によって開けられた天井の大穴から、ゆっくりと降りてくる。

「——『ドナートは俺に言った』——」

「おまえはなにを信じているのか！」「なにを望んでいるのか！」「俺はおまえの持っているもののなにも欲しくはない！」

ただ一人、ここに残った『九垓天秤』、〝凶界卵〟ジャリが喚く。

紅蓮は構わず、言う。

髪と瞳、大剣と盾を煌かせて、『炎髪灼眼の討ち手』マティルダ・サントメールが、言う。

「——『君の絵を描いたよ、と』——」

「——!!」

燭台の傍らに浮かぶ鳥籠の中、変わらず歌を紡ぎ続ける少女の左目が、大きく見開かれた。

それ以外の部位……右目を含む顔の半分以上と全身には、すでに支配の紋様が浮かび上がっている。『両界の嗣子』生成に全力を振り向けるため、既にアシズは鳥籠への力の注入を行っていなかったが、すでに少女は振り向くどころか指一つ、自分の意思で動かせない。『定着』

の自在式を稼働させる、一宝具『小夜啼鳥』となっていた。

アシズが、その支配に僅かの揺るぎもないことを確かめつつ言う。

「もはや『小夜啼鳥』は我が支配下にある。なにを呼びかけようと無駄だ」

「そう。まあ、いいわ」

マティルダは馬鹿にしたように言って、『九垓天秤』の一皿に降り立った。

「私たちは、『天道宮』で送ってもらう代わりに、言伝を頼まれただけだし。その後のことは知ったこっちゃない。あなたの暴挙を阻むためなら、彼女を討滅することだって考えてる」

自身の危機を知った『小夜啼鳥』は、しかし見開いた目を向けるだけ。なにを感じ思ったところで、支配された体は動かなかった。

そちらにはもう目も向けず、マティルダは言い放つ。

「我が名は、〝天壌の劫火〟アラストールのフレイムヘイズ『炎髪灼眼の討ち手』マティルダ・サントメール。おまえの無道と狂気に、終焉を齎す者よ」

青い炎は、埋み火のように熱を隠して、静かに答える。

「よくぞ来た、と答えよう……我が［とむらいの鐘］最悪の敵手よ。だが、今の貴様に、一体なにができる。見てくれと声に、辛うじて虚勢を張るのが精一杯の有様ではないか」

マティルダは一瞬固まってから、苦く笑った。

「……ばれたか」

すでに彼女の体は度重なる激戦で、抜け殻も同然だった。相手へのハッタリとして用意したスカスカの大剣と盾も、もはや持ち上げることさえできない。普段ならとうに倒れているだろう傷ついた体を支えているものは、半ばはアラストール、もう半ばは自分自身への意地だった。

そんな彼女を誰よりも知る魔神が、指輪から挑発的な声をあげる。

「だとしても、みすみすこの場に我らを招き入れたのは、いささか寛容の度も過ぎるというものだな、〝冥奥の環〟」

「……私はこの場所に、貴様らという危険な敵手を、迎え入れた。その意味が、分かるか」

一瞬、罠があるかと周囲に視線を巡らせたマティルダの姿に、アシズは哀れみを感じた。それは、いつかの自分とティスの写し身だった。自分の使命感のみを糧に、果て無き戦いを、力尽きるまで行う、無為徒労の流離いの果てにある、フレイムヘイズの姿。

そこで見つけた、彼にとっての唯一の解を、二人に示す。

「貴様らが愛し合っている、と知っていたからだ」

アラストールは沈黙を守り、

「……」

マティルダは、期待されたものとは違う種類の笑みを浮かべ、答えた。

「ははあ、私たちに『二人目』でも作らせて、味方に引き込むつもりだった？」

正鵠を射られて、しかし悪びれることなくアシズは言う。

「そうだ。貴様らフレイムヘイズの生きる果てには、なにもない。命を削り、追い使われ、今や死ぬのみとなった貴様なら、この世界の真実を体感できているはずだ」

行き着く果てで彼が抱く、青い中にもより青き結晶、その鼓動を灼眼に映して、マティルダは自分自身の言葉で答える。

「それは真実なんかじゃない……単なる、あなたの結果よ」

瀕死と言っても良い状態にある彼女の気丈さ、頑なさに、アシズは困惑する。

「分からぬな……なにが貴様にそこまでさせる。人の世を守りたいという使命感か？」

「そんなにお偉い理由じゃないわ。単なる復讐……自分への、ね」

聞き慣れた、フレイムヘイズの戦う理由に、奇妙な言葉が付いていた。

「なに？」

「こうして生まれ変わって、戦うことができる。それを全部取り上げられた昔の自分への、これは復讐なの。だから、絶対に止まらない。できると思ったことに躊躇しない。前に進む」

言った通りに、マティルダは天秤の大皿をゆっくりと進む。その傍ら、宙に浮く鳥籠の中にある少女を見上げる。

「あの、鎧のトンカチ爺さん……あなたのことを知って、散々文句言ってたわ――『苦しむ振りをして、あいつに当て付けている、そんな自分に満足してるイジケ娘め』――ってね」

「……」

言われた『小夜鳴鳥』は、自由になる左目だけでマティルダを見返す。そこには微かな、険しい感情の色が漂っていた。

「私、そういう奴が嫌いなの。本当に殺されたくなかったら、自分でなんとかしなさい」

少女の視線、感情の色を、むしろ心地よさげに笑って受け取ると、マティルダは中央に青く燃える燭台に向き合う。

「さて、そろそろ時間稼ぎに付き合うのも終わり」

天秤の大皿の端に立って、礼を言う。

「ありがとう、〝棺の織手〟アシズ……あなたって本当に優しいのね。『九垓天秤』の化け物どもは、自分たちがあんなだから、より強い奴の優しさが染みたのよ、きっと」

いきなりの不可解な言葉に、アシズは警戒する。

しかし、警戒では全く意味がなかった。

「だけど、私もアラストールも、その優しさには応えられない。だって、私たちは――」

マティルダの炎髪灼眼が、不意に煌きを増す。

「――自己満足が第一の、酷い奴らだから」

ガッ、と空間が不気味な軋みを上げて重くなり、青い光景が紅蓮に挿げ替えられた。

「――!?」「――!?」「――!?」

天秤の一角に浮かぶジャリが、咄嗟の声も上げられず、紅蓮の中に縫い止められた。

「――！」

鳥籠の中にある少女も、左目だけに驚愕の風を表し、一色の視界に戸惑う。

「……な、馬鹿、な――」

一人、この光景の中で青き炎を保つアシズが、しかし空間の重さに抵抗するような唸り声を上げた。彼は、この儀式に詳しかった。この世で〝紅世の徒〟が活動を始めて以来、聞いたこともない事例であり、しかし理路整然と考えてみれば、十分在り得ること。

「この世での……〝天壌の劫火〟の神威、召喚……これ、が――狙いだったのか⁉」

紅蓮の光景に溶け込むような双眸が、彼を睨み据えている。

「そうよ。敵わぬ敵に玉砕して果てるなんて、趣味じゃない。きっちりと全て、片付ける」

アシズは、戦慄した。

ティスを喪失して以来の恐怖が、炎の総身を震わす。

「そうして、燃え尽きる」


この世に在る〝徒〟のほぼ全ては、〝紅世〟における人間に相当する存在であり、〝王〟も強大な力を持っているというだけの同一種である。

しかし〝天壌の劫火〟アラストールは、違っていた。彼は〝紅世〟における世界法則の体現者、超常的存在たる神の一人であり、持てる権能は審判と断罪という『天罰神』だった（ゆえに『真正の』という表現が使われる）。

　そんな彼がこの世に渡り来たのは、双方の世界に仇なす同胞に天罰を下すためであり、またフレイムヘイズとしての使命に特別こだわるのも、自らの神格と権能ゆえだった。

　ところで、ここに一つの齟齬がある。

　その類別において神ではない〝紅世の王〟たちは、召喚の手法を応用してフレイムヘイズと契約する。これは彼らの権能において召喚されるのではなく、自分の器とするため、契約者の存在全てを捨てさせ、そこに眠らせた己が身を容れる、というただの作業である。つまり、〝紅世の王〟らは、人間に自分を呼ばせて境界を移動しただけなのだった。

　そして、同じ作業によって契約した真正の神たるアラストールも、ただこの世へと移動しただけであり、実際には神威の召喚を受けていない状態にあった。眠りの内に湧き出す力を契約者に与える、という常の状態ならば、彼は他の〝王〟と、なんら変わりのない存在である。

　しかし、いざ神威を召喚する儀式があれば、彼は顕現する。

　それが、他の〝徒〟や〝王〟にはない、彼の神としての権能。

　彼――〝天壌の劫火〟を呼ばう儀式の名を、〝天破壌砕〟という。

紅蓮の光景の中、青い炎は死地から逃れんと必死の、しかし緩やかな動きを見せる。

「自ら喪失、別れを、選ぶ……なんという、愚かな真似を！」

眠っていた魔神の本体を目覚めさせたりすれば、巨大すぎる正真正銘の神の顕現、人の身が行い得る限界を遥かに超えた顕現は、器となっていた契約者を破壊してしまう。

アシズには、その選択が信じられなかった。

「愛し合って……いるのだろうが!!」

間違いなく、マティルダ・サントメールは、死ぬ。

しかし、

「それは、別れない理由にはならないわ」

そのマティルダは、笑っていた。

心の充溢を満面に煌かせて。

「さて、生贄は、と」

（時間が、ない）

（……）

紅蓮の帳――魔神〝天壌の劫火〟を迎える紅い世界は、召喚の代償たる生贄を捧げる場でもあった。その標的として選ばれたのは、

「さすがに、貴方ほど存在が巨大だと、紅蓮の帳の干渉も弱まるか……生贄にする死の影が薄

いみたいね。僅かでも、動けるようだし」

（体が、煮え滾って、る……蒸発、しそう、アラストール）

（……マティルダ）

ゆるりと遠ざかろうとする〝棺の織手〟アシズではない。

「じゃあやっぱり、こっちね」

（痛い……痛い、痛いよ、アラストール）

（マティルダ）

「おお、山楂子、よ」「お前は、刺す、ために」「青々、と、している」

天秤の一角で浮いたまま静止を強いられている〝凶界卵〟ジャリだった。

その背後には、マティルダから受けた紅蓮を遮った証たる影が、黒々と壁に伸びていた。どこか異常なまでに濃く黒いそれは、生贄たる者が捧げる、存在の影法師。

これを取り込み、変換し、神を喚ぶ供物にして動力源たる『心臓』とする。

「――荒振る身の掃い世と定め奉る、紅蓮の紘に在る罪事の蔭――」

（息、苦しい、アラストール）

（まだだ）

マティルダが音吐朗々と祝詞を唱え始める。

「――其が身の罪と言う罪、刈り断ちて身が気吹き血潮と成せ――」

（目が、耳が、おかしい、アラストール）

（まだ、マティルダ！）

じわじわと、ジャリの黒い影に、周囲の紅蓮が侵食を始める。

「……いか、ん、〝凶界卵〟……!!」

アシズの絞り出すような声に、ジャリが答えた。

「私は、その、ような、約束で」「あなたに、縛られ、たくは、ありません」「さよう、なら」

刹那、
ズズン、
と帳の外で、地響きを伴う轟音が鳴り響いた。

（!?）

（!?）

マティルダとアラストールの驚く前で、部屋の光景が傾いた。

傾きがズレになり、寒気を伴う落下の感覚が襲う。

（な、に——!?）

（塔を、崩したか!?）

紅蓮の帳を張った『九垓天秤』の間そのものが崩落している。つまり、鈍くとも行動の自由を持っているアシズ、その付属物たる金属板や棺、『小夜啼鳥』が空へと抜け出てしまう。下へ手をすると、この崩落によってジャリさえ逃してしまうかもしれない。

(しまっ、た——！)

(ぬかった!!)

巨大な『九垓天秤』の重みによって割れる塔の外に、無数の蝿の大群『五月蝿る風』が渦巻いていた。黒い霧とも見えるこれが力を結集して、巨大な『首塔』を崩したのだった。

この蝿の大群を操る自在法は、一定レベル以上の防御力を持つ相手には全く通じない。ジャリの本領は、絶大な規模で自在法を展開し制御する点にあり、戦いという行為にはなかった。

しかし、ゆえにこそ、二人は注意を払っていなかった伏兵に足を掬われる形となった。

マティルダには、この儀式を二度行うだけの力が残っていない。

アシズが同じ罠にかかるわけもない。

全てが、失敗で終わる。

(くっ、う——うあああ!!)

マティルダは落ちる紅蓮の光景の中、心で絶叫していた。

(い、い、前と同じは、嫌だ!!)

奪われたもの——戦う機会——失われる仲間——暴かれた虚偽——仮初の栄光——敵意の視線——不条理な裁き——そして、処刑——かつて、人の身で見た悪夢が過ぎる。

しかしすぐ覚めた。

（今度こそ）

終わりだとしても。

（最後まで）

その時が来るまで、

（諦めない、決して!!）

「——絵を」

ドッ、と一つの衝撃音とともに、突然、光景が止まった。

「見たい、触れたい、確かめたい」

驚くマティルダたちの耳に、声が届いた。

初めて聞く、少女の声だった。

「ドナートの描いた、私の、絵を」

アシズの眼前、鳥籠から少女が細い手を差し出して、塔の崩落を静止させていた。

「愛し合っていても、別れるのだな……ああ、そうだったのか……そう、だったのだ」

涙が、既に紋様の消えた頬を伝い、流れ落ちていた。

「私は、なにをしていたのだろう……私は、彼を愛しているのに、別れてしまった」

アシズは、信じ難いものを見た。少女が左目で一睨みした瞬間、手を侵していた紋章が掻き消えた。右手の指を二つ、唇に当てると、首から下の紋様が一気に失せた。

「彼も、私との約束どおり、私の絵を、描いてくれた……私は、なにをしていたのだろう」

あれだけの時間と〝存在の力〟を費やして刻んだ支配の自在式が、ほんの数秒で解除された。

しかも、返す刀で手を差し出して、『首塔』の崩落を一人で止めている。

「逢いに行こう、愛する男に。見に行こう、私の絵を。おそらく、それだけのことなのだ」

その声には、顔には、俯いていた囚われの鳥の面影はない。

静かな決意と、深い喜びが、宿っていた。

今や少女は、自らの意思で口を開き、言葉を紡ぐ。

「魔神よ……我が〝紅世〟に威名轟かす〝紅世〟真正の魔神〝天壌の劫火〟よ」

鳥籠の内から、今まさに飛び出そうとする力に溢れた声で請う。

「この助力の代償に、戦場より無事に去る許しを貰いたい」

まるで、その許しさえあれば容易く逃れられるような物言いだった。そして今この場に在る誰もが、それを不可能とは思わなかった。

アシズでさえも。

ゆえに、彼は心の底から恐怖した。

ここで〝天破壌砕〟が発動すれば、自分の存在が。

それよりも、今この鳥を逃せば、彼の抱く結晶は、鼓動は。

「止せ——止めろ!!」

「我が名において、許そう」

アラストールが言った。

「籠から出た時……おまえは、我と共に同じ敵を破る、友となる。この因果の交叉路の上において、我はおまえの友。ゆえにその行く道を遮るまい。籠を出よ。そして、宝具たるの名『小夜啼鳥』を返上せよ……我が友〝螺旋の風琴〟リャナンシー」

「止——」

呆気なく、全く呆気なく、鳥籠が砕けた。

そして同時に、宙に静止していたジャリの黒い影が一気に侵食された。

断末魔をあげる間もない炸裂、彼の色ではない炎……紅蓮の、膨張。

その中心で、凄絶な笑みと共に、マティルダが唱える。

「——〝天破、壌砕〟——」

上空にあった『五月蝿る風』が、一斉に亜麻色の炎となって燃え上がり、消える。

後には、雲の隙間に星の瞬く夜空が残されていた。

ウルリクムミは、大きく広がった夜空を見上げて慨嘆し、なお戦友たちのために働くことを心に決める。

「……全軍にいいい、転進の指示を出せえええ」

その指示に、妖花は全ての終わりを感じた。

「籠城、を？」

「要塞方面にではないいいい、ゆるりと後退を続けている［仮装舞踏会］の部隊にいいい、合流するのだあああ。後衛には〝千変〟殿がいようううう、我が名においてえええ、収容を願うのだあああ。後の身の振りようはあああ……〝逆理の裁者〟殿が差配してくれようううう」

「主の救援には？」

分かっていても、訊かずにはいられない。

「行ったとて無駄だあああ、我らが『壮挙』はあああ……潰えたのだあああ」

ブロッケン要塞の頂が、噴火したかのような紅蓮に染まっていた。

その傍らからも、恐ろしい規模で鮮やかな青い光が膨れ上がっている。

妖花はその輝きに賭けたかった。

しかし、ウルリクムミは軍勢を預かる先手大将として、精神論ではなく現実認識によって、より多くの兵を生かすための判断を下す。

「誰が勝てようかあああ、あの〝紅世〟真正の魔神んんん、天罰下す破壊神にいいい……まさかこの世でえええ、神威召喚を行うとはなあああ……」

深い哀切が、鉄の響きに混じっていた。

「先手大将は？」

「俺はあああ、戦友たちが全員転進を終えるまでえええ、ここに踏みとどまるううう」

「そんな!?」

焼け焦げと凹凸、穴も開いた鉄腕を大きく振って、ウルリクムミは崩れ始めた友軍を撤退の方向へと誘導する。

「あの顕現を見ればあああ、同胞殺しどもは嵩にかかって攻め立ててこようううう。大勢は決したのだあああ……もはや自身の討ち死にも含めて戦力を温存する必要はないいいい、『震威の結い手』も程なくううう」

ガガッ、と稲妻の閃きが遠くに見えた。

気の早いことだあああ、とウルリクムミは思い、強敵の突撃に備えて足を踏ん張る。

「お前も行くのだあああ、〝逆理の裁者〟殿にいいい、此度の参戦の御礼――」

妖花は、払われそうになった肩から頭へ、ふわりと飛び移った。

「……お供を？」

その妖花を、やっぱり払い除けて、ウルリクムミは言った。

「許すがあああ、まずは離れよおおお」

幾つも穴の開いた体の周囲を、鉄の怒濤『ネサの鉄槌』が渦巻いて流れ始める。

そして、稲妻が飛んできた。

膨れ上がる紅蓮の炎の中に、アラストールの声が響く。

「これで、良かったのか、マティルダ」

「いいのよ、私は納得してるんだから」

炎の中心に浮かぶマティルダが答えた。ドレスも大剣も盾もマントも、身に纏った全てが、薄れ、溶けてゆく。もはや、苦しみはない。全てが吹き飛んだような爽快感だけがあった。

「さあ、行きましょう」

遥か下方で、要塞を踏み潰す足の感触があった。

しかし、その足の持ち主は、憂いに満ちた呟きを漏らす。

「我は、今となってようやく……〝冥奥の環〟の心を理解している」

困ったように、マティルダは自分を包む男に笑いかけた。

「もう……せっかく格好付けたのに、二人っきりになった途端に、そんな……そんなことで、あなたの志を貫いてゆけると思っているの？　それとも、あなたの志は……誓い、決意した心は……一人の女との情に流されるような弱いものだったの？」

「——いや」

そこだけは重く、確とした声が返る。

彼の揺るぎない心に、マティルダは大きな敬意を抱く。だからこそ、それを茶化し、からかう。彼の心を知っているからこそ。

「まあ正直、惜しいかな、とは思うけどね。こんなにいい女なのに。でもまあ結局、心を結び合わせてる、って感じられた男は、あなた一人だけだったんだし」

案の定、答えは返ってこない。

くすりと笑い、余計な力を抜いて、また笑う。

「だから、私は幸せ。他でもない、あなたのために死ねる……いいえ、命を燃やし尽くせるのだから。今まで、私の惨めな復讐に付き合ってくれて、ありがとう」

「……」

「それと、取って置きの秘密……最後だから打ち明けるけど——大好き。愛してる」

ややの間を置いて、少し前の言葉に、答えが。

「……惨めなものか。我が、憧れるほどに……見事だった」

一つ前の言葉は、初めてマティルダがその言葉を自分から使った、というだけで、彼にとっては分かりきっていることだった。

「そう……それだけが、ちょっとした引け目だったんだけど……良かった」

安堵と、喜びが僅かに掠れる。

「じゃあ、あなたのために、覚えておいて。私は、私の惨めな復讐に果てるんじゃない、あなたの志への敬意から全力を振り絞るんだってことを。だから、私は幸せだったってことを」

思いが、終わる。

存在が、器が、炎に呑まれ。薄れる。

それを感じて、マティルダ・サントメールは言う。

「さようなら。あなたの炎に、永久に翳りのありませんように」

悲しみを彼に残さないよう、懸命に。

「もう一度だけ、言わせてね」

愛しさだけを遺そうと、心から。

「愛しているわ、〝天壌の劫火〟アラストール、誰よりも――」

ブロッケンの山上に、それは山鳴りと地響きを撒き散らして、聳え立った。

〝天壌の劫火〟アラストールの、顕現だった。

その全形は、漆黒の塊を奥に秘めた、灼熱の炎。轟々と渦巻き荒れる紅蓮の中に、要塞を踏み砕く太い足と、夜風を裂く鉤爪を生やした長い腕、見る者を圧する分厚い胴体の上には、畏怖を与える角らしきものを生やした頭が見える。夜空を思わせる皮膜を張った翼が広がり、全天に向かって紅蓮の火の粉を撒き散らしていた。

その前に、鮮やかな青が輝き、膨れ上がる。

「なぜだ……」

紅蓮とは対照的な、流れる風に色の見えるような、青き炎。

〝棺の織手〟アシズの、顕現だった。

片膝を着いて蹲る、巨大な翼を持つ、巨大なる仮面の〝王〟。硬い羽根のように広がる髪、鋭く突き出た角、細くも逞しい体軀、そして、優雅とすら言っていい、鳥の翼。周囲に渦巻く青き流れの中に、それらがはっきりと見て取れた。

「なぜ、愛する者を捨てるフレイムヘイズが、私の前に立ちはだかるのだ」

アシズは、かつての自分とは正反対の敵を前にして、慟哭した。

「なぜ、愛を選ばない。かけがえのない、この世に唯一つの、愛を」

切々と吼え、『都喰らい』で得た〝存在の力〟全てを己の顕現のために使う。

「愛し合う者が、互いの生きる道を……なぜ、選ばぬのだ!!」

答えて、遠雷にも似たアラストールの声、その轟きが、山並を鈍く震わせる。

「貴様は、何処を、見ているのだ」

声は、怒りに燃えているようにも、歓喜に戦慄いているようにも聞こえた。

「我らは、共に生きて、此処に在る」

言うや紅蓮の魔神は、青き天使の胸の内にある、
未だ輝き鼓動する『両界の嗣子』となるはずだった結晶。

特別な二つの自在式『分解』と『定着』を刻んだ金属板。

青い棺の中、永久の眠りにつくフレイムへイズ・ティス。

それらを、伸ばし貫いた腕の一撃、たったの一撃で掴み、握り砕いていた。

「────ッ‼」

「我が女、マティルダ・サントメールの……生き様を、見よ」

ブロッケン山と、それを囲むハルツ山系に、紅蓮の怒涛が巻き起こり、爆発した。

「──う、あ、ッ──‼」

雷に打たれたかのように、輿の上にあったへカテーの体が跳ねた。

「な、に⁉」

傍らに浮かんでいたベルペオルは、三分の二の目を驚愕に見開いた。

即座に情景の意味を理解する。

「──しまった！」

彼女の足元から、皿状に渦巻いていた鎖の一部が千切れて走った。

「共振を遮断せよ、『タルタロス』!!」

持ち主の命令を受けた鎖の宝具『タルタロス』は、蹲って震えるヘカテーの周りで輪を作ると、鎖の環一つ一つを外して広がった。そのまま宙に浮いて、巫女を特定現象から切り離す。

「大丈夫かい、ヘカテー!?」

鎖の渦を輿に寄せて、軍師は巫女たる少女の身を助け起こした。

その白皙の容貌が、より蒼く白くなっている。冷や汗もびっしりと浮かび、息も荒い。

「……ふう」

とりあえずの無事を確認すると、軍師はまず、周囲を窺った。どんな敵より、味方の将軍がいないかを確認する。もし彼が、守るべき巫女のこんな状態を見たら、激昂して何をしでかすか分かったものではなかった。下手をすると己が身すら危うい、と危惧しつつ……彼が[とむらいの鐘]の敗兵を収容するため後陣に詰めていることを確認し直し、安堵する。

そうして、ようやく腕の中の少女に尋ねた。

「ヘカテー、まさかとは、思うのだが」

ベルペオルの懸念を、息を整えるヘカテーは頷くことで肯定する。

「はい――『大命詩篇』が、砕けたの、です」

「……なん、ということだ……」

さすがの〝逆理の裁者〟ベルペオルが、総身を震わせた。

山上、青い天使を一撃で打ち倒した紅蓮の魔神を、畏怖とともに見上げる。

彼女ら［仮装舞踏会］秘蔵の自在式『大命詩篇』は、解読や稼働が困難というだけのものではない。例えそれがごく一部の断篇であっても、一旦物に刻めば破壊や干渉を受け付けなくなる『完全一式』という特別な自在式なのだった。だからこそ、オリジナルを握るヘカテーが、共振による破壊を行うべく、わざわざ出座してきたのである。

それを、あの魔神は一撃で容易く砕いたという。

「……『天罰神』の神格は、伊達ではないということか……全く、この世はままならぬわ」

冷や汗を頬に伝わせつつも、彼女の怜悧な頭脳は、この新たな危険性によって生まれる事態や、今後への影響を即座に計り始める。

（幸い、［とむらいの鐘］は出所の究明をしていなかったようだ……破壊によって現物も消えたこと、その破壊を天罰狂いの同胞殺しが行えること、これらの確認を成果とすべきだね……あとは、あの逃げた『小夜啼鳥』を、いざ使うときのため、監視させておこうか）

状況を整理し終えるや、彼女は再びヘカテーを輿に丁重に横たえる。と、態度を一変させ、すっくと立って鋭い声を張り上げる。

「ガープ！」

「はっ！　軍師殿！」

火花と共に現れた武装修道士に告げる。

「将軍に伝令！　［仮装舞踏会］は、只今をもって［とむらいの鐘］の残兵収容を終了、フレイムヘイズの追い討ちに一当てし、全速で戦域より離脱する!!」

遠い戦場には、もう鉄の巨人は立っていなかった。


（新しい　熱い歌を　私は作ろう　）


アラストールの胸に、歌が響いている。

マティルダ・サントメールの、妙なる歌声だった。

常の神威召喚であれば、召喚主の祝詞が続いているはずの、今。

炎の内には、いつか聞き惚れた戯れ歌が、彼女の心の余韻として、響いていた。


（　風が吹き　雨が降り　霜が降りる　その前に　）


山肌に打ち付けられた青い天使は咆える。

「死んで、死んで、なんの生き様だというのだ!!」

咆えて、己の胸に突き刺さった紅蓮の腕を、引き抜いた。

その胸の大穴を、周囲に満ちていた青き流れが瞬時に埋め、癒す。


（　我が恋人は　私を試す　）


要塞を灼熱に溶かし、また踏みしだく紅蓮の魔神は、顕現を果たした本物の灼眼で青い天使を睥睨し、轟々と炎を撒き散らして咆哮する。

「貴様と同じだ！　契約者の生き様が、今の貴様と共に――在る!!」

牙だらけの口から一塊の炎弾が吐き出され、爆発する。


（　私が彼を　どんなに愛しているか　）


とっさに差し出された天使の腕が、その紅蓮の爆発によって千切れ飛び、青い火の粉が圧倒的な紅蓮に呑まれてゆく。

「違う!!　死に様だ！　私と共に在るのは、ティスの死に様だ!!」

その膨れ上がる炎の中から、天使が角を突き出した。

（　どんな諍いの種を　蒔こうとも無駄　）

しかし、その角は紅蓮の炎の奥、漆黒の体表で、容易く砕けた。

「〝徒〟を討ち果たしたティスを、人間のため力を使い果たした、我が愛する娘を――」

よろめいて立ち上がる傍ら、受けた傷をさらに癒す。青き流れは、薄まってゆく。

「――弱さから恐れ、強欲から利用し、挙句に殺したのは、人間どもだ!!」

（　私は　この絆を　解きはしない　）

その薄まる流れを、青い天使は凝縮してゆく。

「だから喰らった！　守るのを止めた！　ティスと共に生きる、それだけを望みとした!!　ただ、共にあろうと……それを世の理が許さぬのなら、理をすら変えてみせると!!」

流れは、彼を中心とした、鮮烈な輝きとなって渦巻いた。

（　かえって私は　恋人に全てを与え　全てを委ねる　）

青い天使は、背にある翼を大きく広げ、羽ばたいた。

「新しき世に響き渡る、古き理を送る、ゆえに我らは［とむらいの鐘］!!」

翼の広がりとともに力の渦は弾け、大きく羽ばたくとともに濁流となる。生み出された青い雪崩は、正面に立つ紅蓮の魔神を、山ごと飲み込んで、眩しく爆発した。

（そう　彼のものとなっても構わない　）

その爆発の中から全く無造作に、無傷の魔神は角を突き出した。

「その意気やよし、〝冥奥の環〟……いやさ、〝棺の織手〟！」

青い炎を裂いて繰り出された魔神の角は、天使の胸郭を押し潰した。巨大な天使が、山肌を削って岩を撒き、木々を焼いて下がる。

（　酔っているなぞとは　思い給うな　）

山系に、離れた両者の咆哮が轟き渡る。

「だが、世の理は、過ちを決して看過せぬ!!」

「過ちでなどあるものか――我が――愛が!!」

踏み潰された要塞を間に置いて、互いに息を胸郭一杯に吸う。

（私が　あの美しい炎を　愛しているからといって　）

双方の口から渾身の、巨大な炎弾が吐き出された。
想いのぶつかるように、中間点で紅蓮と青が激突し、
一瞬も耐えられず、青が吹き散らされた。
紅蓮の炸裂に青き天使は粉々に砕け、山地が要塞が余波に飲み込まれ、弾け飛んだ。

（私は　彼なしには　生きられ　ない　）

撤退の途上にあった『三柱臣』が、
戦野に残されたフレイムヘイズ兵団が、
山麓から離脱した『天道宮』にある二人が、
大戦の終結を知らせる、紅蓮の号砲を、聞いた。

（彼の　愛の　傍に　いて　そ　ほど　わたしは　）

そして――

いつしか歌は途切れ、聞こえなくなっていた。

代わりに、ただ一人の胸の中で、響き続ける。

いつまでも――いつまでも――。

戦場の端、
砕けた木の株に腰掛けた、修道服もボロボロに擦り切れたゾフィーは、溜息を吐いた。

その手には、たった今、一人の女性から届けられた、手紙がある。布に書き付けられた事柄に目を通して、その帯同者——恐るべき〝紅世の王〟の生存——に驚き、しかしなにも処置を取らなかった。

(今、あのじゃじゃ馬のためにしてやれることは、せいぜいこの程度ですか……本当、人一人のなんと非力なこと……)

その額、青い星の刺繍から、タケミカヅチがことさら取り澄ました声で言う。

「勝ちましたな」

その乱れることのない声の助けを借りて、ゾフィーは心の平衡をようやく保った。一軍を率いて戦った者の弱音を、こんな彼にだからこそ、密かに漏らす。

「ええ、なんとか。いささか以上に殺しすぎたようですけれど……敵も、味方も」

殺した敵を、砕いた巨人や散った花を、死なせた戦友を、気風の良い青年や煩わしい取り巻きを、偉大な……そう、偉大と言っていいフレイムヘイズのことを思った。

手を胸の前に上げ、一瞬躊躇い、しかしすぐに笑って、十字を切る。

「いや、よくやりました、ゾフィー・サバリッシュ君」

「おかげさまで、タケミカヅチ氏」

二人して言い合い、意味もなく笑い合った。

と、その背後から、ドゥニとアレックスが声をかける。

「総大将、痕跡抹消の作業に丁度いい嵐が来ると、フランソワが申しております」

「でっけえ瓦礫くらいは他所にやっとくか？　ま、ほとんど残っちゃいねーだろが」

ゾフィーは立ち上がって埃を払い、遠い紅蓮の煌きに笑いかけた。

「いつの日か、再び素晴らしきフレイムヘイズを連れて、我々の前に現れるのでしょうね、貴方は……その日が、とても楽しみ」


山上、灼熱の風吹き荒れる魔神の眼前に、〝螺旋の風琴〟リャナンシーが舞い降りた。

「蒙を啓いてくれた彼女に」

少女の容貌には、未だ表情らしい表情は戻っていない。しかし、その奥には、凍り付いていた大河の再び流れ出すように、緩やかで深い感情のたゆたいが見えていた。

「そして、行路の檻を砕いてくれた貴君に、万謝の念を贈る」

「……」

アラストールは言葉ではなく、胸深くの唸りだけで答えた。

その灼眼の奥に彼の心を見て取ったリャナンシーは、ゆるりと一礼した。

「では、私は行く……愛する者の、元へ。これからは、自分でなんとかしてみよう……さらばだ〝天壌の劫火〟、我が新しき友よ。因果の交叉路で、また会おう」

顔を上げず、少女は深い緑色の火の粉を散らして、消えた。

その別れを契機としてか、紅蓮の魔神も巨大な総身を、散らす。

炎の吹雪、舞い咲く花弁とも見える無数の火の粉の中、一つだけ大きく点る、炎があった。

どこか孤影を揺らすにも似た、その紅蓮の炎は、ゆっくりと下に、下に、降りて行く。

何かが、零れるように。

砕けた断面を見せて空に浮かぶ『天道宮』へと。

その内に在る、銀の水盤『カイナ』へと。

炎の降りる先、
頭上を埋める紅蓮の火の粉、彼女の欠片を、一人の男と、一人の女が見上げていた。
「触れるな、ヴィルヘルミナ・カルメル」
愛する男・メリヒムに初めて名を呼ばれたヴィルヘルミナは、

「……、っ」

しかしその言葉の意味に気付き、凍り付いた。彼を助け起こそうと差し伸ばしていた一本きりの手を下ろし、疲労ではない困憊から、へたりと座り込む。

そんな彼女には目もくれず、上から降りてくる紅蓮の炎だけを睨みつけるメリヒムは、固まりつつある、愛する女の血に塗れた顔で、冷酷に、固く、しかし一つ愛情を持って、言う。

「俺たちが、今ここに在る意味を、思え」

言う間に、彼の顔が蒸発するように薄れてゆく。

「マティルダ・サントメールの望みを果たそう」

二度と人間を喰らわないと誓った彼は、自らの顕現の規模を押さえるため、変わる。

最低限、ただ動くだけの、白骨の姿へと。

その掠れ行く声が、残酷に、告げる。

「我々は……ただそのため、だけに……ともに在ろう――、、、、」

ヴィルヘルミナは、そんな酷い、それでも愛する男の傍らに、座る。せめて、許された場所のように。膝を抱えて、その内に隠すように、小さく呟く。

「嫌な、奴」

白骨となった男は、もう、答えなかった。

紅蓮の炎を水盤に点して、『天道宮』は飛び立った。
未だ明けない、夜の彼方へ。
果ての見えない、時の中へ。
ただ一人の望みを、抱いて。

エピローグ

坂井家の縁側を兼ねる、庭に面した掃き出し窓。

その縁に座って、必死の形相で逃げる少年、怒って木の枝を手に追いかける少女、双方を微苦笑して眺めやるヴィルヘルミナに、アラストールが声をかけた。

「いったい、どういうつもりだ？　今になって、あのような歌を教えるなど」

傍らに置かれたペンダント〝コキュートス〟に顔を振り向けることなく、少女の養育係だった女性は、小さく答える。

「そろそろ、自分で考えさせても良いかもしれない、と思ったのであります」

「情操教育」

「……」

アラストールは、早くはないか、と抗議する気に、なぜかなれなかった。かつての契約者と自分のことを思い出したから……そんな半端な気持ちで少女に接しているとは思いたくなかったが、答えは茫漠としている。しかし、悪い気分では、なかった。

彼の心をどこまで分かっているのか計らせない、無表情という仮面越しに、ヴィルヘルミナはまた小さく呟く。

「フレイムヘイズの在り様、その全てを伝え終わったのであれば……あと一つ、『炎髪灼眼の討ち手』のことを、少しずつ……」

茂みに突っ込んだ少年を大きく明るく笑う少女の様に、僅か目を細める。

しばらくして、今度はアラストールが小さく呟いた。

「ともに在る、か」

そして不意に、

「あの歌」

「?」「?」

二人に尋ねるでもなく、言う。

「あのような、題名だったのだな」

対して二人は、あからさまに呆れた風を見せた。

「最初に、アキテーヌで伊達男から教わったときに聞いていたはずであります。マティルダが言い寄られていたからといって、いかにも動揺しすぎでありますな」

「狼狽無様」

「……」

昔馴染みの容赦ない指摘に閉口して、それでもアラストールは想う。

マティルダ・サントメールと交わした声を。

(――「ふふふ、どうですかな、アラストール君」――)

(――「知らん」――)

元の歌詞から改変した戯れ歌を、得意げに披露した契約者。

感想を求められて困る彼を、楽しげにからかった『炎髪灼眼の討ち手』。

(――「せっかく恥ずかしいのを我慢して、言葉を選んだのに」――)

(――「知らんと言ったら知らん」――)

今も、彼女はともに在った。

その声は、歌と連なって、たおやかに響いている。

(――「恥ずかしい歌詞に、恥ずかしい題名……歌には魔法がかけられてるって本当ね。『これは歌だ』って言えば、普段は隠してる本当の気持ちを、簡単に口にできるもの」――)

胸の奥、深くに。

いつまでも――いつまでも――。

想いとともに、日々は流れる。
自分と、誰かの、時を繋いで。
世界は、それらの全てとして、いつかへと向かう。

あとがき

はじめての方、はじめまして。

久しぶりの方、お久しぶりです。

高橋弥七郎です。

また皆様のお目にかかることができました。ありがたいことです。

さて本作は、痛快娯楽アクション小説です。今回は、V巻で少しだけ触れた、先代『炎髪灼眼の討ち手』の戦いを描く外伝です。次回から、いよいよ話がきな臭くなってくる予定です。

テーマは、描写的には「別離と愛」、内容的には「いきる」です。主人公は大暴れ、頑固親父は純情を秘め、鉄面皮は誰よりも心乱し、傲慢剣士は恋愛一直線。敵も味方も大忙しです。

担当の三木さんは、繰り返しますが、本当に働きすぎな人です。その膨大多様な仕事は、編集の範疇を超えています。今回の内容も、ラブの配分を巡り戦車相撃つ闘争を（以下略）。

挿絵のいとうのいぢさんは、丁寧に絵を描かれる方です。前巻では、常の表紙や挿絵のみならず図解まで、腕の冴えを堪能させていただきました。さらなる忙中にも変わらず、この度も拙作への甚大なる御助力をいただけたことに、深く深く感謝いたします。

県名五十音順に、青森のK田さん、愛知のK池さん、愛媛のMさん、大阪のK本さん、岡山のF井さん、神奈川のSさん、T塚さん、埼玉のN村さん、栃木のE老根さん、長崎のN口さん、新潟のK林さん、兵庫のO本さん（覗かせてもらっています）、北海道のHさん、いつも送ってくださる方、初めて送ってくださった方、いずれも大変励みにさせていただいております。どうもありがとうございます。アルファベット一文字は苗字一文字の方です。

以前にも書きましたが、当方いささか事情あって、返信ができません。お手紙はしっかり読ませてもらっていることを右に示すことで、これに代えさせて頂きたいと思います。

ところでこの秋、拙作「灼眼のシャナ」がアニメ化することと相成りました。本稿を借りまして、構成添削に尽力して頂いた担当の三木さん、素晴らしい挿絵で至らぬ本文に命を吹き込んで下さったいとうのいぢさん、本作りでいつも苦労をおかけしているスタッフの方々、そして何より、「灼眼のシャナ」を愛読して頂いている読者の皆様に、厚く御礼申し上げます。

それでは、今回は順当に、このあたりで。

この本を手に取ってくれた読者の皆様に、無上の感謝を、変わらず。

また皆様のお目にかかれる日がありますように。

二〇〇五年六月　高橋弥七郎

こんにちは、いとうです。

えー今回のお話を分かりやすく描くとこういうことです。いえ、すいません、実際はもっとたくさんのドラマがあるわけですが……

5巻が好きな貴方なら今回のお話は大層燃えれるんじゃないでしょうか。私は大好きです。

とにかく、敵も味方も純粋すぎ！この巻に出てくる奴ら皆まっすぐすぎるよ！

こんな巻末イラスト描いて怒られはせんだろうかとドギマギしながら。。


ホントはここには今回絵にできなかったトリニティの方々を格好よく描く手筈だったんですが、、それはまたの機会ということで（^^

ではでは、次回は久しぶりに本編の方での話ということで、皆さまお楽しみに！

2005.夏.いとうのいち

俺のモノになれ
貴様ッ
見るな さわるな 近寄るな!!

イイ女って罪よねぇ。
戦ってない時のマティルダさん、こんな表情するのかなーとか。。。
■ NOIZI*ITO WEB ■
www.fujitsubo-machine.jp/~ benja

マティルダ・サントメール

先代

大人っぽさは(ビジュアル的に)

シャナ＜お母さん＜先代＜ママ＜マー様

なかんじ？

じゅうぶん大人だけど

あくまで若い女性。

アラストール、先代の時はリングの形とか。。。

右：初代『炎髪灼眼の討ち手』（えんぱつしゃくがんのうちて）。いとうのいぢ氏の発案で、"天壌の劫火（てんじょうのごうか）"アラストールが意志を現す神器『コキュートス』は指輪の形状になっている。

左：『大戦』時におけるマティルダの戦闘衣装設定。

左下・下：キャラクターカットラフ。

ヴィルヘルミナ・カルメル

上:『大戦』時代のヴィルヘルミナは、まだ給仕(メイド)服を着ていない。貴婦人風の衣装を身にまとっている。

左上:給仕服着用後。リボンを武器とするところは変わらず。“夢幻の冠帯(むげんのかんたい)”ティアマトーが意志を現す神器『ペルソナ』も、時代に合わせて形状をティアラからヘッドドレスに変えている。

左:『ペルソナ』着用時のスタイル。鬣(たてがみ)が出現し大きく後方へと流れる。

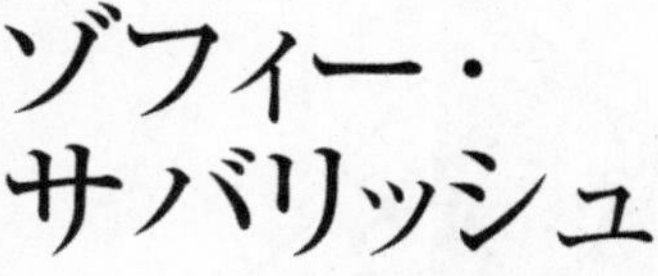

ゾフィー・サバリッシュ

フレイムヘイズ兵団の総大将。『震威の結い手（しんいのゆいて）』と呼ばれる。「ロザリオだけ持たない修道女姿」という設定からビジュアル化された。“払の雷剣（ふつのらいけん）”タケミカヅチを宿す神器は、修道服のベールに刺繍された四芒星。

フレイムヘイズ兵団の副将。『極光の射手（きょっこうのいて）』と呼ばれる。「気の強そうな青年、面覆いのない兜」という設定から、シンプルなあごひげをたくわえたキャラクターが生まれた。“破暁の先駆（はぎょうのせんく）”ウートレンニャヤと、“夕暮の後塵（せきぼのこうじん）”ヴェチェールニャヤの二人一組の神器、鏃『ゾリャー』を駆る。

カール・ベルワルド

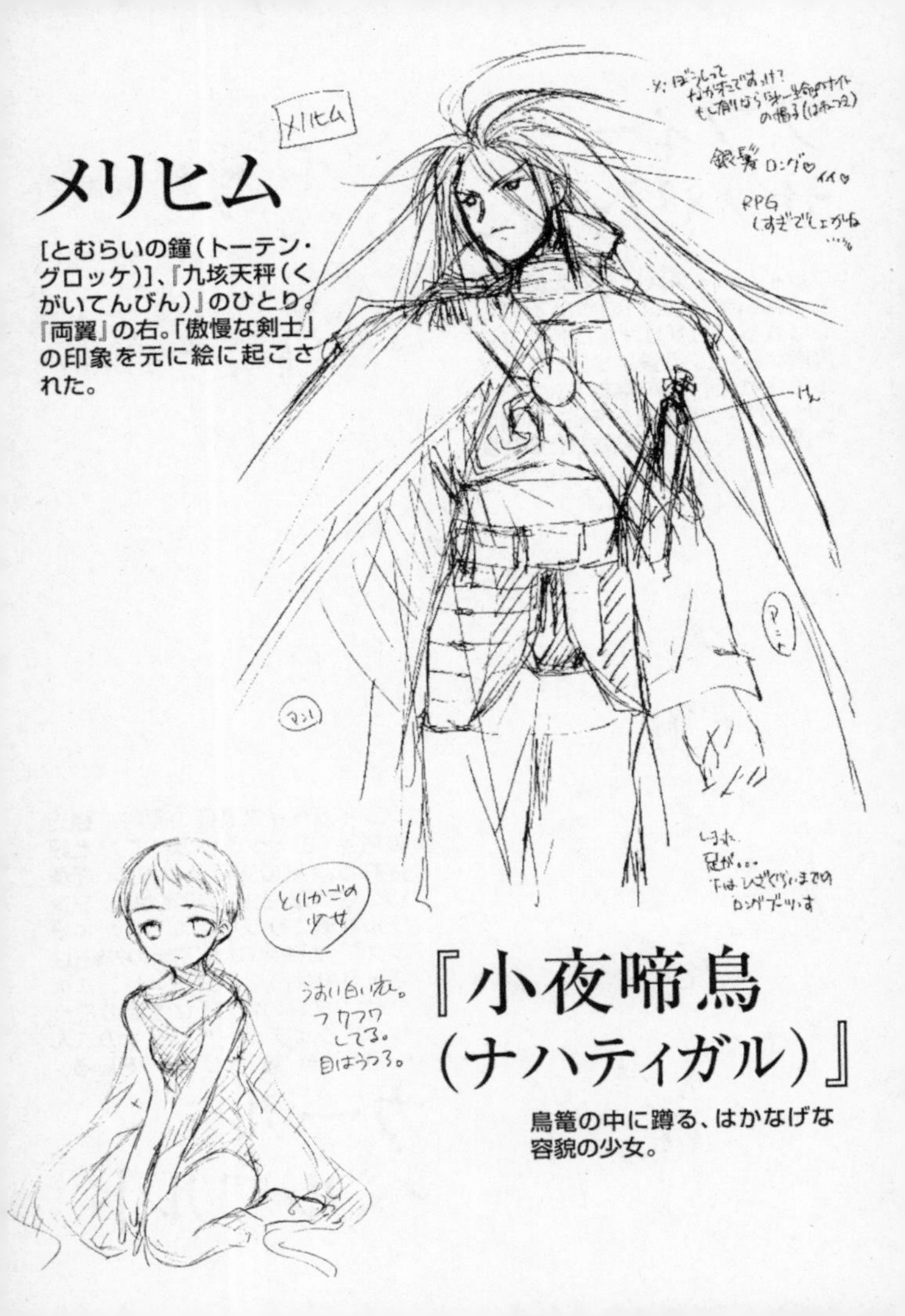

メリヒム

[とむらいの鐘(トーテン・グロッケ)]、『九垓天秤(くがいてんびん)』のひとり。『両翼』の右。「傲慢な剣士」の印象を元に絵に起こされた。

『小夜啼鳥(ナハティガル)』

鳥篭の中に蹲る、はかなげな容貌の少女。

ウルリクムミ

[とむらいの鐘(トーテン・グロッケ)]、『九垓天秤(くがいてんびん)』のひとり。真名は“巌凱(がんがい)”。分厚い鉄板の巨人。

妖花

ウルリクムミの補佐をする“徒”。美女の顔を中心に抱く大きな花のかたちをしている。

ジャリ

[とむらいの鐘(トーテン・グロッケ)]、『九垓天秤(くがいてんびん)』のひとり。真名は“凶界卵(きょうかいらん)”。三つの仮面を着けた卵の姿をしている。

チェルノボーグ

[とむらいの鐘(トーテン・グロッケ)]、『九垓天秤(くがいてんびん)』のひとり。真名は"闇の雫"(やみのしずく)"毛皮の黒衣に獣耳、痩身白面の女戦士である。

モレク

[とむらいの鐘(トーテン・グロッケ)]、『九垓天秤(くがいてんびん)』のひとり。真名は"大擁炉(だいようろ)"。「牛骨姿、貫禄のない賢者」のイメージ。

アシズ

[とむらいの鐘(トーテン・グロッケ)]の首領。真名は“棺の織手(ひつぎのおりて)”。口絵カットでは仮面の姿をしている。キャララフは、額近くに角を付けたものが決定稿となった。

ティス

ほぼ初期設定のない状態から、文章のイメージをもとにビジュアル化されたキャラクター。

ベルペオル

[仮装舞踏会（バル・マスケ）]、『三柱臣（トリニティ）』のひとり。真名は“逆理の裁者（ぎゃくりのさいしゃ）”。この頃は軍師と呼ばれている。鎖『タルタロス』のシルエットが特徴的。

オルゴン

ベルペオルの部下。真名は“千征令（せんせいれい）”。マントの中身は空洞という、絵師泣かせなビジュアル設定となっている。

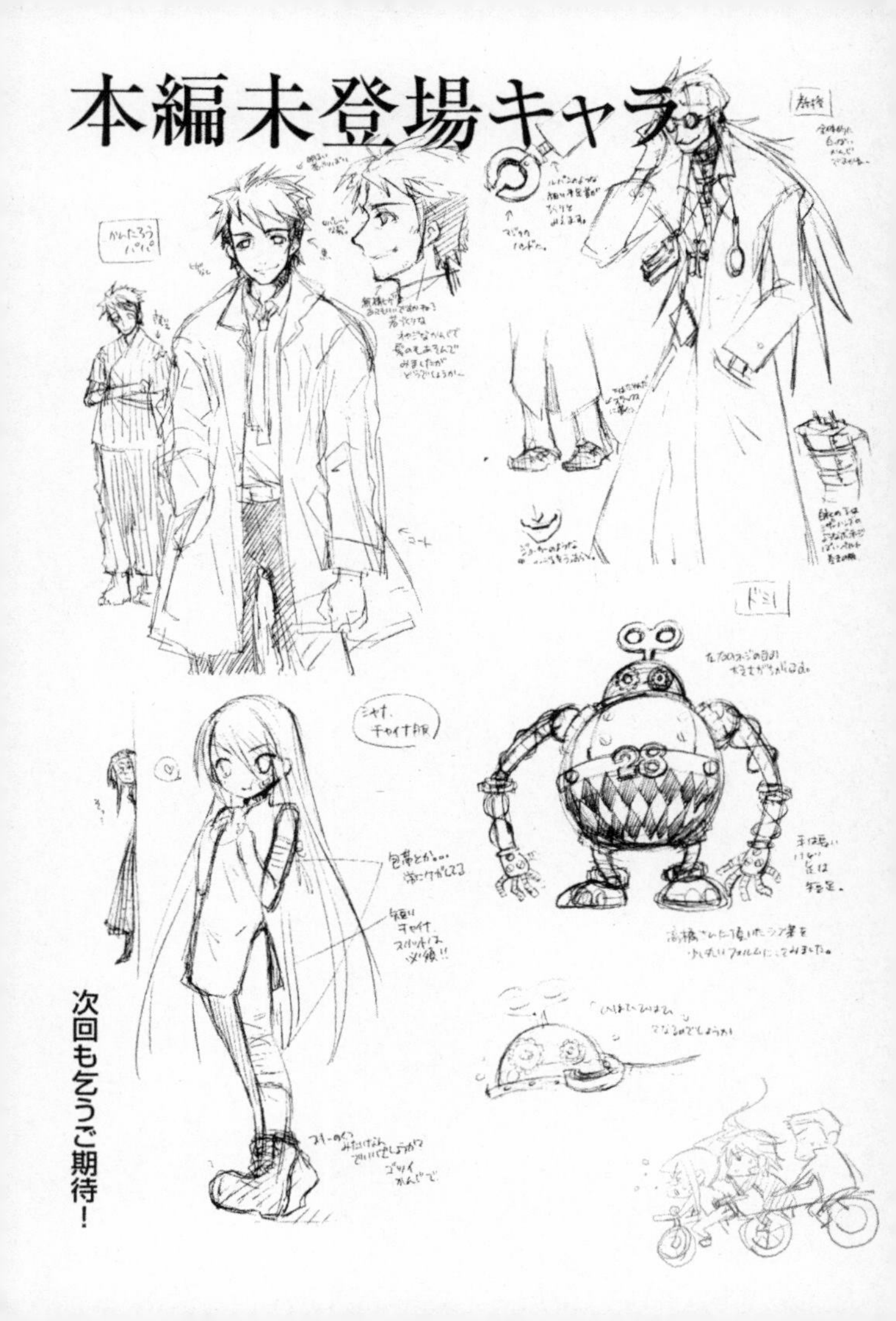

本編未登場キャラ

次回も乞うご期待！

◉高橋弥七郎著作リスト

「A／Bエクストリーム　CASE-314［エンペラー］」（電撃文庫）
「A／Bエクストリーム　ニコラウスの仮面」（同）
「アプラクサスの夢」（同）
「灼眼のシャナ」（同）
「灼眼のシャナⅡ」（同）
「灼眼のシャナⅢ」（同）
「灼眼のシャナⅣ」（同）
「灼眼のシャナⅤ」（同）
「灼眼のシャナⅥ」（同）
「灼眼のシャナⅦ」（同）
「灼眼のシャナⅧ」（同）
「灼眼のシャナⅨ」（同）
「灼眼のシャナ0」（同）

本書に対するご意見、ご感想をお寄せください。

■

あて先

〒102-8177 東京都千代田区富士見 2-13-3
電撃文庫編集部
「高橋弥七郎先生」係
「いとうのいぢ先生」係

■

電撃文庫

灼眼(しゃくがん)のシャナX

高橋弥七郎(たかはしやしちろう)

2005年9月25日　初版発行
2023年10月25日　28版発行

発行者　山下直久
発行　株式会社KADOKAWA
〒102-8177　東京都千代田区富士見2-13-3
0570-002-301（ナビダイヤル）
装丁者　荻窪裕司（META＋MANIERA）
印刷　株式会社KADOKAWA
製本　株式会社KADOKAWA

●お問い合わせ
https://www.kadokawa.co.jp/（「お問い合わせ」へお進みください）
※内容によっては、お答えできない場合があります。
※サポートは日本国内のみとさせていただきます。
※ Japanese text only

※定価はカバーに表示してあります。

ISBN978-4-04-868795-9　C0193　Printed in Japan

電撃文庫　https://dengekibunko.jp/

電撃文庫創刊に際して

文庫は、我が国にとどまらず、世界の書籍の流れのなかで〝小さな巨人〟としての地位を築いてきた。古今東西の名著を、廉価で手に入りやすい形で提供してきたからこそ、人は文庫を自分の師として、また青春の想い出として、語りついできたのである。

その源を、文化的にはドイツのレクラム文庫に求めるにせよ、規模の上でイギリスのペンギンブックスに求めるにせよ、いま文庫は知識人の層の多様化に従って、ますますその意義を大きくしていると言ってよい。

文庫出版の意味するものは、激動の現代のみならず将来にわたって、大きくなることはあっても、小さくなることはないだろう。

「電撃文庫」は、そのように多様化した対象に応え、歴史に耐えうる作品を収録するのはもちろん、新しい世紀を迎えるにあたって、既成の枠をこえる新鮮で強烈なアイ・オープナーたりたい。

その特異さ故に、この存在は、かつて文庫がはじめて出版世界に登場したときと、同じ戸惑いを読書人に与えるかもしれない。

しかし、〈Changing Times,Changing Publishing〉時代は変わって、出版も変わる。時を重ねるなかで、精神の糧として、心の一隅を占めるものとして、次なる文化の担い手の若者たちに確かな評価を得られると信じて、ここに「電撃文庫」を出版する。

1993年6月10日
角川歴彦

電撃文庫

撲殺天使ドクロちゃん⑥
おかゆまさき
イラスト／とりしも

ぴぴるぴるぴるぴぴるぴ～♪　桜くんを好きなあまり、つい撲殺しちゃうドクロちゃん。なんと彼女がファンタジー世界に!?　しかも桜くんが勇者なんてありえない。

お-7-6　1141

わたしたちの田村くん
竹宮ゆゆこ
イラスト／ヤス

「故郷の星に帰る」と訴える不思議系、松澤。窓を割ってバレンタインチョコを投げ込む女、相馬。そんな二人に翻弄される田村君のおかしくてちょっと切ない恋の物語。

た-20-1　1110

わたしたちの田村くん2
竹宮ゆゆこ
イラスト／ヤス

不思議少女系・松澤小巻、クールなツンドラ系・相馬広香、そして彼女たちに眩惑される我らが田村くん。風雲急を告げる三人の恋の行方をお見逃しなく！

た-20-2　1150

二階の妖怪王女
あらいりゅうじ
イラスト／かんたか

天涯孤独の少年ユキトが相続したのは、妖怪一族が住み着く化け物屋敷だった！　心ならずも妖怪たちとの同居をするハメになったユキトの前に現れたのは……。

あ-5-12　1099

二階の妖怪王女2
あらいりゅうじ
イラスト／かんたか

都市伝説どおりに現れる謎の妖怪――。妖姫たちの能力を人々の役に立てるべく『怪奇事件相談所』を開設したユキトは、早速事件解決に乗り出すが……。

あ-5-13　1146

電撃文庫

半分の月がのぼる空 looking up at the half-moon
橋本 紡
イラスト／山本ケイジ

裕一が入院先の病院で出会ったのは、めちゃくちゃわがままだけど、恥ずかしがり屋で可愛い、ひとりの少女だった——。橋本紡が贈る新シリーズ第一弾登場！

は-2-16 0850

半分の月がのぼる空2 waiting for the half-moon
橋本 紡
イラスト／山本ケイジ

裕一は悩んでいた。秘蔵のH本コレクションが里香に見つかったのだ。二人の関係がギクシャクしているなか、さらなる問題も勃発し……。シリーズ第二弾！

は-2-17 0899

半分の月がのぼる空3 wishing upon the half-moon
橋本 紡
イラスト／山本ケイジ

里香の希望で、俄かスクールライフを楽しむ裕一たち。里香の病状を知って落ち込んでいた気分も一瞬晴れたのだが……。揺れ動く裕一にさらなる試練が訪れる。

は-2-19 0986

半分の月がのぼる空4 grabbing at the half-moon
橋本 紡
イラスト／山本ケイジ

『最悪の結果』を突きつけられた裕一に追い打ちをかけるように告げられた「里香にはもう会うな」という言葉。苦しみながらも裕一はある決断をする。第4弾。

は-2-20 1051

半分の月がのぼる空5 long long walking under the half-moon
橋本 紡
イラスト／山本ケイジ

穏やかな日々が裕一と里香に訪れようとしていた。そんな中裕一を、夏目がある場所へと連れ出した。そこでの体験を通じて、裕一は〝進むべき道〟を見つける。

は-2-21 1143